Silvana Gandolfi

L'ÎLE DU TEMPS PERDU

Traduit de l'italien
par Faustina Fiore

Ouvrage traduit avec le concours
du Centre National du Livre

Seuil

À tous ceux que l'on croit bons à rien parce qu'ils savent ne rien faire.

« Je ressens douloureusement le manque d'un art de ne rien faire… »

Hermann HESSE

« Il ne fait certainement pas l'ombre d'un doute que chacun devrait demeurer en grande partie oisif dans sa jeunesse. »

Robert Louis STEVENSON,
Une apologie des oisifs

« Oserais-je exposer ici la plus grande, la plus importante, la plus utile règle de toute l'éducation ? Ce n'est pas de gagner du temps, c'est d'en perdre. »

Jean-Jacques ROUSSEAU,
Émile ou De l'éducation

(Citations extraites de la liste de Giulia.)

Note de l'éditeur

Le mystère de la disparition de l'auteur, fin août dernier, n'est pas encore résolu.

Dans le chalet qu'elle avait loué pour l'été, la police a trouvé le manuscrit d'un roman ainsi que plusieurs lettres non envoyées. La lecture de ces dernières nous a appris qu'elle était allée faire une promenade dans les bois. Après de longues recherches, on a retrouvé son sac à dos plein de nourriture dans une clairière ensoleillée.

J'ai réussi à obtenir que le manuscrit me soit expédié afin de pouvoir le publier. Il m'a semblé nécessaire d'y ajouter les lettres.

15 juin

Chère Giulia,

Tu te rappelles ce que je t'ai dit la dernière fois que nous nous sommes vues, peu avant ton départ pour le Japon ? Je t'avais parlé de mon projet de roman sur l'aventure incroyable que tu as vécue dans ton enfance. Je ne plaisantais pas : je suis sur le point de commencer, et pour pouvoir écrire en toute tranquillité, je me suis installée dans ces montagnes isolées.

Je respecterai ce que tu appelles les « souvenirs de l'île », même si, comme tu le sais, je les trouve un peu trop fantaisistes pour être vrais. Cela n'a aucune importance : ton histoire est magnifique.

Cela dit, en écrivant le roman, je prendrai quelques libertés (tous les auteurs le font !). Juste de petites choses, un détail ici et là. Par exemple, je raconterai l'histoire comme si elle se passait de nos jours, pour la rendre plus actuelle aux yeux des lecteurs. Des différences minimes. Ne t'inquiète pas : tu seras à ton avantage.

J'ai loué un chalet en plein cœur de la forêt, à moins de deux kilomètres d'un village. Derrière la cime des arbres, on ne voit que des montagnes à perte de vue. Les sommets les plus lointains sont couverts de neige, même si nous sommes déjà mi-juin.

Je suis très bien dans ma petite maison en bois. Il n'y a que deux pièces, mais j'ai déjà aperçu un faon sur la prairie devant la maison.

Il n'y a pas de téléphone. Tant mieux : on se concentre mieux quand on est isolé.

Je me suis procuré un vélo pour aller au village faire les courses, et j'ai posé ma machine à écrire sur un vieux bureau d'écolier. Le propriétaire du chalet, un paysan à l'air sympathique, m'a promis des œufs frais tous les matins.

Déjà un jour de passé.

Après avoir commencé à écrire à la troisième personne (Giulia fit, Giulia entra...), je me suis rendu compte que ça rendait mon style scolaire, peu naturel. J'ai tout déchiré, et j'ai recommencé en utilisant la première personne. Tout de suite, c'est devenu plus fluide. J'aime beaucoup me mettre à ta place ; j'imagine l'histoire plus facilement.

Et puis l'enfance est un pays tellement mystérieux, quand on est adulte. Comme tu le sais, je n'ai aucun souvenir de la mienne. Il paraît que ça arrive quelquefois, quand on a été adopté. Écrire à la première personne sera donc un peu comme m'approprier ton enfance à toi.

Je ne peux pas t'envoyer cette lettre puisque tu ne m'as pas donné ton adresse. Tant pis, tu la liras à ton retour.

Je t'embrasse,

S.

LA MINE

Je suis née en juin. Du coup, tout ce qui se passe d'exceptionnel dans ma vie m'arrive en juin. C'est ainsi. Ça doit être une loi de la nature.

Arianna aussi est née en juin, et c'est pareil, les événements exceptionnels lui arrivent toujours en juin. Enfin, Arianna ne dirait pas « exceptionnels », elle dirait « super ». Arianna n'est pas une intellectuelle. De nous deux, l'intellectuelle, c'est moi.

L'histoire de la mine – où nous jouons un rôle toutes les deux – a commencé, justement, pendant une chaude journée de juin. De ce jour-là, je me rappelle la sueur sous les aisselles, l'odeur d'herbe et de poussière, et – avant tout – la lumière. Elle était si forte qu'elle traversait le globe des yeux et arrivait directement au cerveau qu'elle faisait lentement grésiller.

Quand, avec ma classe, j'entrai dans la mine, je fus frappée par le contraste : lorsqu'on venait du soleil, les galeries semblaient froides comme une morgue et sombres comme… comme… Comme quoi ? Pas facile de trouver des comparaisons adaptées, surtout quand on en cherche une qui fasse froid dans le dos !

Bref, l'obscurité dans la mine était dense et brumeuse, encore épaissie par la faible lumière des ampoules. Ça sentait le moisi et la roche.

Massimo, l'instit de CM2, s'était arrêté juste avant la première bifurcation pour nous montrer les anciennes étables des ânes.

« Les pauvres bêtes mangeaient et dormaient sous terre. Elles travaillaient dix-huit heures par jour à traîner des wagons. Une fois entrées dans la mine, elles n'en sortaient plus pour le restant de leurs jours. »

Pendant que nous laissions échapper un « Oh ! » indigné, je sentis qu'on m'attrapait par le bras. Je n'avais pas besoin de me retourner pour savoir à qui appartenaient les doigts froids qui me serraient le coude.

« Tu as entendu ? murmura Arianna. C'est horrible !

– Comment m'as-tu trouvée ? Comment savais-tu que j'étais ici ?

– Mais enfin, Giulia ! C'est toi qui m'as parlé de votre visite à la mine, hier, tu ne te souviens pas ?

– Mais qu'est-ce que tu fais ici ? Pourquoi n'es-tu pas…

– Notre école est déjà fermée pour les vacances, donc je me suis dit que j'allais venir te voir. Ça n'a pas été difficile d'entrer.

– Pauvres ânes, murmurai-je. Mais pense aux enfants ! Eux aussi, ils travaillaient sous la terre !

– Oui, mais les ânes y mouraient !

– Les enfants aussi. De tuberculose.

– Pour les ânes, c'était pire. Bien pire. » Arianna m'enfonça les ongles dans la peau.

Inutile de discuter avec elle quand il s'agit d'animaux.

« Eh, toi là-bas, Giulia ! Si tu passes ton temps à bavarder, comment vas-tu faire ton exposé, demain ? »

Massimo était plutôt tolérant, mais il n'aimait pas que l'on bavarde pendant qu'il parlait. Et pour moi et Arianna, il était impossible d'être côte à côte sans bavarder. C'était comme aller au cinéma avec un paquet de pop-corn et ne pas l'ouvrir. Ou avoir en main un billet de Tac-o-tac et ne pas le gratter. Ou être un oiseau et ne pas voler. C'était peut-être pour ça que nous faisions en sorte de nous voir en tête à tête, dehors. Je n'étais même pas sûre que nous nous soyons déjà vues en présence d'un adulte. Pour Arianna et moi, être ensemble était la seule manière de rendre la vie supportable, et les adultes ne comprennent pas ce genre de chose.

Massimo continua à nous faire visiter la mine. Il avança de quelques pas, puis s'arrêta pour nous expliquer ce qu'étaient les trous circulaires qui faisaient ressembler la paroi à un morceau de gruyère. Il pérora pendant cinq minutes, puis poursuivit son chemin.

Quand il s'arrêta de nouveau, quelques pas plus loin, il ressemblait à une mère poule entourée de ses poussins. Je demeurai en arrière. Arianna restait collée à moi.

« Vous voyez ces morceaux de roche qui scintillent ? Ce sont les échantillons. On les envoyait au laboratoire où les ingénieurs mesuraient leur pourcentage de fer. »

Qui est-ce que ça pouvait bien intéresser, les méthodes

d'extraction d'un métal aussi vil que le fer ? S'il s'était agi de saphirs ou de rubis, j'aurais pu comprendre...

J'échangeai un regard entendu avec Arianna. En nous tenant par la main, nous reculâmes de quelques pas, nous éloignant silencieusement du reste du groupe. Quelques mètres plus loin, nous étions à nouveau à la hauteur de la paroi aux trous circulaires, l'inspectant avec le secret espoir de découvrir un diamant qui aurait échappé à l'attention de tout le monde.

« Je ne vois rien qui brille, murmurai-je.

– Les pierres précieuses doivent être taillées pour briller, me fit remarquer Arianna.

– Je sais... Qu'est-ce qui se passe ? »

Arianna avait lancé un petit cri et s'était accroupie par terre. « Un bébé chauve-souris ! Regarde ! »

Je me penchai avec une certaine curiosité. « Ouh ! Il est vivant ! » m'écriai-je.

Arianna se releva avec l'animal dans les mains.

« Pauvre petit ! Il est tombé de sa tanière.

– Les chauves-souris ne vivent pas dans des nids ?

– Tu n'y connais vraiment rien. Les chauves-souris logent dans les crevasses des murs. Ce ne sont pas des oiseaux !

– Comment sais-tu que c'est un bébé et pas un adulte rachitique ?

– Il est si fragile ! Il doit être né il n'y a pas longtemps.

– Montre ! »

Arianna entrouvrit les mains pour me laisser voir une espèce de petite chose rose et pelée, faite de plis, de membranes transparentes et de paupières tremblotantes. « Il faut le rapporter à ses parents. Pauvre petit. Comme il doit avoir peur ! »

J'allongeai un doigt pour faire une légère caresse à cette petite chose immonde. « Et si on le montrait à Massimo ? »

Mais entre-temps, Massimo avait disparu avec le reste de la classe. Nous l'entendions parler un peu plus loin dans le tunnel, après le tournant. Encore en train de discourir devant des roches de pyrite.

« Il va nous dire de le jeter », murmura Arianna, inquiète. « Et si on les rejoignait plus tard, et qu'avant on cherche ses parents ? »

J'étais d'accord. Laisser tomber cette leçon ennuyeuse, partir à l'aventure rien que nous deux, ça me semblait la meilleure idée de la journée.

Nous revînmes sur nos pas jusqu'à la bifurcation où nous étions passées il y a peu avec les autres. Personne ne nous cria d'arrêter. Personne ne nous suivit.

« Ça doit être par là, dit Arianna. Le tunnel sans lumière.

– Comment le sais-tu ?

– Tu n'as pas remarqué ?

– Quoi ?

– Il a levé la tête. Il doit sentir l'odeur de chez lui.

– Tu as apporté une lampe électrique ?

– Oui. »

Jusqu'à présent, je n'avais pas eu l'occasion d'utiliser ma lampe. En réalité, une grande partie de l'ancienne mine avait été transformée en musée plutôt confortable : les visites guidées se limitaient à parcourir les tunnels principaux, éclairés et aérés, où il n'y avait aucun risque. Bien entendu, on nous avait donné l'ordre impératif de ne pas nous séparer du groupe.

Nous allumâmes nos lampes.

« Tu sais que le pipi de chauve-souris est mortel ? Fais attention à ne pas te faire mouiller les mains ! » dis-je, jetant un coup d'œil à l'animal.

Arianna dirigea le faisceau de sa lampe sur la petite créature repoussante et sourit, attendrie. Je savais qu'elle ferait tout pour rendre le petit à ses parents.

Au bout de quelques pas, l'obscurité nous enveloppa comme une couverture mouillée. Et avec l'obscurité arriva le silence. Un silence épais, humide lui aussi. Nous marchions côte à côte. Dans les ténèbres qui nous entouraient, les faisceaux des lampes créaient deux cercles jaunes qui illuminaient seulement de petites zones de roche.

C'est moi qui la première remarquai la puanteur : une odeur tellement âcre qu'elle prenait à la gorge.

« Ouark ! » fis-je, en me bouchant ostensiblement le nez. *Ouark* est plus fort que *beurk* : c'est presque un haut-le-cœur. Du coup, quand je me trouve face à quelque chose de vraiment dégoûtant, je ne dis jamais *beurk*, je dis *ouark*.

« C'est ici. Nous approchons. » Arianna s'arrêta. Devant nous, le tunnel se divisait en trois.

« Par ici », indiqua Arianna, de plus en plus sûre d'elle. « Suivons les rails. » Elle tenait la chauve-souris dans ses mains tendues en avant, dans l'espoir que l'animal pousse un cri, ou redresse la tête en reconnaissant ses semblables.

« Ça descend, fis-je remarquer au bout d'un moment.

– Hum.
– Ça descend pas mal.
– Ça ne devrait plus être très loin. Voici un autre tunnel.
– Houlà ! C'est drôlement étroit !
– Giulia, tu n'as qu'à m'attendre ici si tu veux.
– Je n'ai pas dit que je ne voulais pas entrer. J'ai dit que c'était étroit, c'est tout.
– Tu sens l'odeur ?
– Oui. C'est pire que les égouts ! »

Nous marchions à présent l'une derrière l'autre, en trébuchant, nos lampes pointées vers le sol. Le terrain en descente était devenu mou et gluant. Les rails avaient disparus, cachés par la boue. Soudain, la chauve-souris lança un petit cri à mi-chemin entre l'éternuement et le grincement, et se mit à s'agiter dans les mains d'Arianna.

« Ça y est, on y est ! »

C'est juste à ce moment-là que nous les entendîmes. C'était un bruit électrique, strident. Nous accélérâmes, et le bruit devint assourdissant : l'air était envahi de sons perçants, menaçants. Je m'arrêtai net en me bouchant les oreilles.

Arianna me tira par le bras. « Allez, on y est presque ! »

Je me laissai entraîner tout en continuant à me boucher les oreilles. Je ne dis pas à Arianna qu'à mon avis, l'aventure était allée assez loin.

Tout à coup, le tunnel s'élargit, s'ouvrant sur un large espace encombré par des machines, des berlines rouillées et des rails. C'était sans doute un ancien entrepôt.

Je sentis une bouffée d'air froid sur mon visage. Ce

n'était pas de l'air frais, venant de l'extérieur. Ça venait du battement de milliers d'ailes de chauves-souris. Elles s'étaient mises à voltiger en nous voyant, et maintenant je les voyais abandonner leur position tête en bas pour se précipiter sur nous, comme pour nous chasser.

« Il y en a plein ! » Même dans mon pire cauchemar je n'aurais pas pu en imaginer tant à la fois.

Arianna avança parmi tous ces battements d'ailes noires. « Oui. Plein ! » Elle semblait enthousiasmée.

« Pose-le par terre et allons-nous-en ! »

Arianna posa délicatement le bébé chauve-souris sur le sol et se posta à un mètre de lui.

« Allez, viens !

– Je veux voir si quelqu'un vient le chercher.

– Personne ne va venir le chercher si tu restes là. » J'agitais les bras pour les tenir à distance.

Arianna recula d'un pas et éteignit sa lampe électrique.

« Éteins aussi la tienne, dit-elle.

– Non.

– Mais tu leur fais peur.

– Allons-nous-en, comme ça elles n'auront plus peur.

– Moi j'attends ici. »

Nous étions là, dans le noir, comme deux andouilles, entourées de cette stridulation infernale.

« Moi je m'en vais, déclarai-je. J'en ai assez.

– Vas-y, je te rejoins tout de suite. »

Je le pris assez mal. Je n'aurais jamais cru Arianna capable de rester sans moi dans cet endroit horrible, même un millionième de seconde.

Et maintenant ? Je n'avais aucune envie de repartir toute seule, mais ce qui était dit était dit.

« Bon, eh bien salut.

– Salut », murmura Arianna à voix basse, pour ne pas déranger les chauves-souris. Elle se tenait toute droite sur ses longues jambes, sa lampe éteinte, ses longs cheveux blonds et ses épaules frêles illuminés par le faisceau de la mienne.

Je la fixai du regard, hésitante. Si seulement j'avais eu, moi aussi, cette beauté éthérée. Cet air de princesse en exil.

Arianna ne fréquentait pas la même école que moi. Nous nous rencontrions chaque fois par hasard, dans la rue, sur la place, devant une vitrine. Je ne savais même pas où elle habitait. Je savais seulement que ses parents étaient morts quand elle était petite. Je supposais qu'elle vivait tantôt ici, tantôt là, ballottée d'un oncle riche à l'autre. Elle était toujours élégante, les cheveux propres, les vêtements repassés. Et elle avait de ces vêtements ! Même ce jour-là, elle était venue me voir à la mine habillée comme pour un goûter d'anniversaire. Peut-être était-ce réellement une princesse.

Je finis par lui tourner le dos pour aller rejoindre les autres. En marchant, je ruminais ma colère, à tel point que j'en oubliai les rails enfouis dans la boue et que je trébuchai.

Zut et superzut ! Arianna n'était pas une princesse. C'était une oie stupide et obsédée par les animaux. Être son amie n'était pas un privilège. C'était une source d'embêtements colossaux.

18 juin

Très chère Giulia,

Cet après-midi, après avoir terminé le premier chapitre, celui où toi et Arianna vous perdez dans la mine, je suis allée me promener dans les bois alentour. Sous les arbres, il y avait de la mousse fraîche et des milliers de myrtilles. J'ai passé plus d'une heure à en cueillir, en choisissant les plus mûres, et je me suis fait des taches plein la robe.

J'aimerais tant que tu sois ici avec moi ; tu pourrais me donner plusieurs détails que je ne connais pas. Tu adorerais ces montagnes. Je parie que les myrtilles, à Tokyo, ils ne savent même pas ce que c'est. Comment se passe le cours que tu donnes à l'université sur « L'éthique de l'oisiveté appliquée au monde contemporain » ? Ça m'étonne que ce sujet ait été accepté. Comment les étudiants japonais réagissent-ils ?

Je t'embrasse,
S.

PERDUE !

J'étais seule. Tout à coup, ce silence profond et cette obscurité froide me terrorisèrent. Je me mis à courir derrière le faisceau dansant de ma lampe. J'avais hâte d'être à nouveau avec le reste de la classe.

Et pourtant, plus je m'éloignais d'Arianna, plus mon malaise augmentait. Je l'avais laissée dans un endroit cauchemardesque. Et s'il lui arrivait quelque chose ? Je ralentis, puis m'arrêtai. La lampe pointée vers le sol, je respirai profondément pour me calmer.

Arianna n'est pas comme moi, pensais-je. Ce n'est pas sa faute si j'ai des épaules de nageuse et pas elle. Si elle est faite d'air et de lumière et moi de muscles et de graisse. Elle a le cœur tendre, c'est comme ça, c'est de naissance. Moi, je suis cynique, je ne crois à rien ni personne.

Je rebroussai chemin et me précipitai dans le tunnel que je venais de parcourir, en direction de l'antre des chauves-souris.

Je commençai à entendre la stridulation forcenée avant même d'arriver. Je courus, courus, appelant Arianna à voix haute. Les parois déformaient les sons, donnant à ma voix un timbre métallique qui se confondait avec les cris des chauves-souris.

Une fois arrivée dans l'ancien entrepôt, je fus une fois de plus accueillie par les gifles d'air glacé provoquées par le mouvement des ailes.

« Arianna ! » criai-je, me protégeant la tête d'une main et battant l'air de l'autre, afin d'éloigner ces satanés bestioles. J'avais peur qu'elles ne s'accrochent à mes cheveux.

« Arianna ? » appelai-je à nouveau, plus faiblement, en illuminant le centre de l'entrepôt.

Mais Arianna n'était plus là où je l'avais laissée.

Je balayai l'endroit avec le faisceau de ma lampe, éclairant aussi loin que possible. Où était le bébé chauve-souris ? Il y en avait tellement que je n'aurais jamais pu le reconnaître au milieu de la multitude de membranes noires. Mais ce n'était pas lui que je cherchais.

« Arianna ! Arianna ! Arrête de plaisanter ! »

Rien.

Un arrière-goût acide me montait à la gorge.

Comment avais-je pu ne pas la voir quand elle était revenue en arrière ? L'entrepôt n'avait pas d'autre sortie !

Je devais moi aussi revenir en arrière. Immédiatement. Peut-être allais-je la croiser. Peut-être s'était-elle tapie dans un coin pour me faire une blague, et étais-je passée devant elle sans m'en rendre compte.

J'étais environ à mi-chemin lorsque je remarquai un tunnel latéral. Comment avais-je fait pour ne pas le repérer avant ? Arianna l'avait probablement pris par erreur en cherchant à rejoindre le groupe. C'était la seule explication.

J'empruntai alors cet autre tunnel, tout en continuant à appeler à voix haute. L'obscurité était oppressante. Le tunnel interminable.

Je marchai plus vite, en appelant toujours. À part ma voix, le silence était absolu ; même les cris des chauves-souris ne m'atteignaient plus.

En dirigeant par hasard la lampe vers le haut, je remarquai que le plafond du tunnel n'était plus soutenu par des poutres, comme dans le reste de la mine. Et si la voûte craquait soudainement et que des tonnes de terre m'enterrent vivante ?

Bravo, Giulia ! Évoque les catastrophes, et tu verras comme elles te tombent dessus. Elles n'attendent que ça. Ça aussi, c'est une loi de la nature.

Je décidai de rebrousser chemin. Si ça se trouvait, Arianna avait déjà rejoint les autres, pendant que moi je m'évertuais à la chercher au péril de ma vie. Et si ce n'était pas le cas, je pourrais toujours dire à Massimo d'organiser une expédition de recherche.

C'est le petit ruisseau sombre qui courait sur le côté du tunnel qui me fit comprendre que quelque chose clochait. D'où est-ce qu'il venait, celui-là ? Il n'était pas là, tout à l'heure. Conclusion : je n'étais jamais passée par là.

De nouveau, un arrière-goût acide dans la bouche.

Je fis demi-tour, mais à présent je ne reconnaissais plus rien.

Je m'arrêtai. J'étais au bord de la crise de nerfs.

Hic ! Hic ! Hic ! Et voilà. Des sanglots secs, qui me transformaient en marionnette mécanique.

J'essayai de me calmer. Je fis des efforts surhumains. Ça suffit, Giulia ! Ne te laisse pas prendre par la panique. Compte jusqu'à cent. Non, à quoi ça sert, de compter ? C'est pour s'endormir, ça. Respire profondément. Ou retiens ta respiration. Enfin, fais quelque chose, quoi !

Entre deux sanglots, je jetai un coup d'œil à ma montre. Nous avions commencé la visite à onze heures du matin, et il était à présent onze heures quarante.

Allez, Giulia, fais marcher ton cerveau. Combien de temps est passé ? Quarante minutes. Voilà tout ! Pendant un quart d'heure, tu as suivi Massimo, puis tu es partie avec Arianna et sa chauve-souris pendant cinq minutes. Ensuite tu as passé encore cinq minutes debout avec elle dans l'entrepôt. Total : vingt-cinq minutes. Allez, courage, tu ne t'es pas perdue depuis longtemps. Un quart d'heure, maximum. Ce n'est rien ! L'important, c'est de ne pas perdre son sang-froid.

C'est juste à ce moment-là que la lumière de ma lampe se mit à vaciller, puis à faiblir. Je la secouai frénétiquement, mais elle s'éteignit.

J'essayai de l'éteindre et de la rallumer, très vite. Rien. Je la gardai serrée dans mes mains : si elle était tombée, je l'aurais perdue pour toujours. Je ne voulais surtout pas que ça arrive : même avec ses piles usées, elle me donnait un tout petit sentiment de sécurité. Et Dieu sait que j'avais besoin de sécurité, à ce moment-là.

Cette fois, l'obscurité était compacte : elle me pressait de tous les côtés, comme pour s'infiltrer sous ma peau et atteindre mon cœur. Je me laissai glisser par terre et me retrouvai assise dans la boue, le dos appuyé contre la paroi rocheuse.

« Je suis perdue ! » gémis-je dans le noir.

L'écho de ma voix se propagea dans les tunnels, se transformant en un ricanement moqueur. J'arrêtai de crier, m'autorisant seulement de tout petits *hic ! hic !*

J'avais la tête qui tournait. Ce tournis me faisait me sentir légère, comme si mon corps perdait peu à peu son poids. Je cessai presque de sangloter pour m'étudier. J'examine toujours avec attention les manifestations de mon corps. Quand je pleure, je m'interroge : D'où viennent les larmes ? Comment cette eau salée se forme-t-elle dans le corps ? La chair de poule, les gargouillements d'estomac, les ongles qui poussent, le mystère de l'écorchure du genou qui se transforme en croûte pendant que, dessous, la peau renaît sans qu'on ait besoin de faire quoi que ce soit… tout cela m'a toujours fascinée.

Allons bon, je suis sur le point de m'évanouir, pensai-je. *Hic.* Le premier évanouissement de ma vie. Exceptionnel ! Je me sens complètement molle. *Hic.* C'est comme si dans mon sang, il y avait des espèces de petites bulles qui m'aspirent… *hic*… vers le haut. C'est presque agréable.

En effet, tout mon corps avait arrêté de trembler, réchauffé et remué par une force inconnue et puissante qui semblait vouloir le détacher du sol. C'était curieux : on aurait dit une sensation familière, comme si je n'avais jamais rien fait d'autre dans la vie que léviter comme un fakir indien. Être projetée vers le haut, se détacher de ses racines pour être propulsée dans une nouvelle dimension…

Pendant que la pression sous moi augmentait de seconde en seconde, je pensais : La peur, à un moment donné, fait perdre la tête. Quelle chance !

Je fermai les yeux et me laissai aller.

LE VOLCAN

Avant d'avoir eu le temps de dire ouf, je quittai l'obscurité épaisse dans laquelle j'avais été plongée et fus catapultée comme un bouchon de champagne dans une lumière chaude. Non, je n'avais pas défoncé le plafond du tunnel avec ma tête. En tout cas je n'en avais pas l'impression. Et pourtant j'étais sortie de la mine.

La mystérieuse énergie qui avait projeté mon corps vers le haut s'amenuisa tout d'un coup. Les petites bulles dans mon sang disparurent. Pendant une fraction de seconde je demeurai suspendue dans l'air, immobile. Puis je commençai à descendre, de plus en plus vite.

Un trou sans fond ?

Mais déjà mes pieds heurtaient quelque chose de solide. Le choc me fit plier les genoux. Je tombai sur le côté et je me mis à rouler au bas d'un terrain mou et friable. Aucune prise à laquelle m'accrocher, aucun obstacle pour m'arrêter.

Instinctivement, je fermai les yeux et me protégeai la tête avec les bras. Je tournais et roulais, chose que je n'avais plus faite depuis mes sept ans, époque à laquelle je dévalais ainsi la moindre pente couverte d'herbe, juste pour le plaisir de sentir ma tête tourner comme une toupie.

La pente s'adoucit, et je m'arrêtai enfin.

Me voici arrivée, pensai-je, fermement agrippée au sol pour l'empêcher d'onduler comme un océan en pleine tempête.

ARRIVÉE OÙ ?

La surface contre laquelle mon nez était appuyé était tiède et molle. J'attendis que les tourbillons se calment pour soulever la tête. J'ouvris les yeux et vis une myriade de petits grains d'un noir brillant.

Du sable. Tout simplement du sable noir.

Je me redressai.

« Giulia ! »

Je me retournai d'un coup.

« Arianna !

– Comment…

– Qu'est-ce que… »

Arianna était là, assise sur le sable, deux mètres plus loin. Elle avait l'air tout aussi sonnée que moi ; elle me regardait avec un sourire incertain.

« Heureusement que toi aussi tu es là ! » Elle se leva et me rejoignit. Elle était couverte de sable noir des pieds à la tête.

Je restai assise, m'ébrouant comme un chien qui sort de l'eau. « J'ai les cheveux pleins de sable. » Je me passai les mains dans les cheveux, ce qui fit tomber une pluie de petits grains. « J'en ai même dans le nez.

– Moi aussi. Et même dans la bouche, ça me fait grincer des dents. Mais qu'est-ce qui nous est arrivé ?

– Je voudrais bien le savoir ! J'étais retournée en arrière pour venir te chercher quand tout à coup... Au fait ! Où étais-tu fourrée ? » lui demandai-je, un doigt accusateur pointé vers elle.

Arianna brossa sa robe de la main. « J'ai laissé le bébé chauve-souris à côté d'un adulte, mais je ne suis pas certaine que c'était l'un de ses parents.

– Laisse tomber les chauves-souris. Je t'ai demandé où tu étais !

– Pourquoi est-ce que tu me regardes comme ça ? Ce n'est pas ma faute ! Il y avait tellement de tunnels, je me suis perdue. »

Je laissai retomber mon bras.

« Arianna, comment sommes-nous arrivées ici ?

– Je ne sais pas. C'est tellement bizarre ! Tu n'aurais pas un peigne ?

– Non. »

Je me relevai pour avoir une meilleure vue de l'endroit où nous étions.

Derrière nous, une montée recouverte de sable noir brillait, toute lisse, avec deux sillons frais : ceux que nous avions tracés en tombant. Tout en haut, sur le ciel, se détachait la forme d'une montagne sombre, sans végétation, dont le sommet plat était couronné de fumée. Au milieu de la fumée grise, des jets scintillants apparaissaient par intermittence. Je les observai pendant un moment. Ils jaillissaient vers le ciel en dessinant toutes les couleurs de l'arc-en-ciel : rose, bleu, vert jade, rouge, jaune vif, puis retombaient en s'éteignant, comme des feux d'artifice.

« On dirait un volcan », fis-je remarquer, impressionnée. Ces jets incandescents ne pouvaient pas être des feux d'artifice. Ce devaient être des lapilli, des petites pierres faites de lave, colorées par un curieux effet de lumière.

Arianna m'indiqua du doigt un point devant nous. « Là… au milieu des rochers… Regarde ! »

Sur le côté opposé du volcan, entre les grandioses roches pourpres qui bloquaient l'horizon, il y avait un passage à travers lequel on pouvait voir scintiller le bleu profond et éblouissant que seule une grande étendue d'eau peut créer.

La mer ?

Nous restâmes un long moment à fixer ce petit morceau de bleu intense encadré de rochers. C'était familier, rassurant. Un peu plus à l'aise, nous commençâmes à regarder autour de nous.

C'est seulement à ce moment-là que nous nous aperçûmes que sur l'immense plage de sable noir émergeaient çà et là des objets à demi enfouis. Il y en avait partout, à perte de vue. Certains d'entre eux étaient presque totalement enterrés, d'autres semblaient juste posés par terre, et s'ils n'avaient pas été couverts de sable, ils auraient pu être exposés dans des vitrines sur du velours noir. Il y avait des parapluies, des journaux, des trousseaux de clefs, des sacs à main. *A priori*, ils avaient l'air en bon état, pas du tout bons pour la poubelle. Cela donnait l'impression de se trouver sur une plage d'où les gens se seraient enfuis en proie à la panique, abandonnant dans leur hâte toutes sortes de choses.

« Si la montagne est bien un volcan, cet endroit est peut-être dangereux », dis-je. J'avais la chair de poule. Je pris le temps d'examiner mon bras nu : c'est stupéfiant, tous ces petits poils qui se dressent sur une microscopique montagne de peau. Qu'est-ce qui leur fait faire ça ?

« Nous ne savons même pas comment nous sommes arrivées ici, fit observer Arianna.

– Éloignons-nous du volcan », proposai-je.

Nous nous mîmes à courir dans la direction du passage entre les rochers, celui à travers lequel on entrevoyait le scintillement de l'eau. Arrivées là, nous restâmes sans voix : une mer magnifique brillait devant nous, d'un bleu turquoise profond, à peine ridée par de minuscules vaguelettes. Aucune embarcation ne troublait sa surface. Au bord de l'eau, le sable mouillé était d'un noir étincelant. Arianna ramassa une poignée de ce sable si fin et le fit couler entre ses doigts. Mais ce faisant, elle avait déterré un objet long et brillant. Elle le regarda, ahurie.

« C'est un stylo Parker, et on dirait qu'il est en or ! »

De mon côté, je n'avais pas perdu mon temps. « Regarde cette boucle d'oreille, comme elle est jolie ! » dis-je en faisant tourner entre mes doigts un bijou artistiquement travaillé, qui se terminait par une petite perle en forme de goutte.

À partir de cet instant, nous ne nous souciâmes plus du volcan qui pouvait nous transformer en rôti d'un moment à l'autre. Toute notre attention fut dédiée aux merveilleux objets qui émergeaient du sable comme des coquillages.

C'était Arianna qui cherchait avec le plus d'enthousiasme. Elle avait trouvé un peigne, un beau peigne en écaille de tortue auquel il ne manquait même pas une dent, et elle le passait dans ses cheveux pour se débarrasser du sable qui y restait. Mais en voyant que je faisais d'autres trouvailles, elle le jeta pour avoir à nouveau les mains libres.

« Giulia, regarde ! J'ai vu les mêmes dans la vitrine en face du marchand de journaux. Elles coûtent une fortune ! » Avec un sourire radieux, Arianna mit les lunettes de soleil en forme de cœur qu'elle venait de ramasser.

« Comment ça me va ?

– Très bien, mais ça te change complètement.

– J'ai toujours voulu avoir des lunettes comme ça. Ça fait Lolita.

– Mais enfin, Arianna, c'est dingue ! Tu te rends compte ? Il y a tout ce qu'on veut ! Oh, regarde ça ! » m'exclamai-je, en attrapant un chapeau de paille. C'était un chapeau très élégant, avec une petite rose et un ruban bleu. Je le secouai pour enlever le sable et l'essayai.

« Alors, je suis romantique ? »

Arianna me regardait sans rien dire.

Je l'enlevai. « Il t'ira mieux, à toi », fis-je en le lui tendant, d'un geste brusque.

« Non, il te va bien. Je t'assure. La paille fait ressortir le noir de ta frange ; tu es parfaite. Remets-le.

– C'est vrai ? »

J'allais le faire quand j'aperçus un livre à moitié enfoui. On ne voyait qu'un petit bout de la couverture, mais ça me suffit pour le reconnaître. Je laissai tomber le chapeau pour le ramasser.

« *Le Petit Prince* ! » murmurai-je en le feuilletant fébrilement.

Ce livre, avec ses illustrations familières, était le premier objet qui me confirmait que, malgré tout, nous n'avions pas été projetées sur une autre planète.

Nous nous mîmes à sautiller le long de la plage. À chaque instant, nous nous penchions pour ramasser une chose, en en jetant une autre moins intéressante. Dans notre excitation, nous avions totalement oublié la menace du volcan et même le mystère de notre présence ici. Notre philosophie était simple : tant que l'aubaine dure, profitons-en.

Arianna trouva une barrette avec une fleur en plastique rouge qui lui allait divinement bien. Nous étions en train de comparer deux montres Swatch quand un grondement sourd en provenance de la montagne nous fit courir vers la mer. Le bruit cessa peu après, alors que nous étions sur le point de plonger dans l'eau pour échapper au fleuve de lave attendu.

« Qu'est-ce qu'on fait ? »

Nous tremblions comme des feuilles, bien qu'il n'y ait pas eu la moindre trace de lave.

Plop !

Nous nous retournâmes d'un bond.

Une chose non identifiée dévalait la montagne, en roulant sur elle-même, exactement comme nous l'avions fait plus tôt. Juste avant qu'elle ne disparaisse derrière les rochers, nous nous rendîmes compte qu'il s'agissait d'un être humain.

« Allons l'aider ! » criai-je. J'étais contente que quelqu'un d'autre soit arrivé.

Nous nous précipitâmes vers le passage entre les rochers.

« Ouille, ouille ! » Un vieillard était assis sur le sable, l'air sonné.

« Vous vous êtes fait mal ? demandai-je.

– Ouille, ouille, quelle culbute ! Où est ma canne ? »

Nous regardâmes autour de nous. À quelques pas de là, une canne était plantée dans le sable. Je la ramassai et la lui apportai.

« Vous voulez un coup de main pour vous relever ?

– J'ai peur de m'être cassé quelque chose. »

Le vieux ne bougeait pas, il jetait les yeux alentour, hébété.

« Où est le bar-tabac de Romualdo ?

– Nous ne savons pas. » Je haussai les épaules. « Nous ne sommes pas d'ici.

– Où est la résidence Sérénité ? Je me suis perdu !

– Essayez de vous lever ! » Arianna lui tendit une main. L'homme la considéra avec suspicion, puis refusa sa main et accepta la mienne, probablement parce qu'elle lui paraissait plus solide.

Il était très léger, et je le relevai sans problème. Une fois debout, il fit deux pas, se tâta partout pour vérifier qu'il n'avait rien de cassé, puis inspecta les lieux tout en brossant ses habits de la main.

« J'en ai fait, du chemin ! s'exclama-t-il, satisfait. Mais maintenant je veux retourner à la résidence Sérénité.

– Vous avez dit que vous vous êtes perdu, c'est ça ? demandai-je.

– Oui, quand je me suis rendu compte que je ne savais

plus où j'étais, j'ai trébuché, et puis après j'étais ici. Je ne comprends pas.

– Vous avez senti une force vous pousser vers le haut ?

– Mais oui, ma petite. Vers le haut. Vous pouvez me raccompagner à la résidence Sérénité ?

– Nous ne connaissons pas très bien cet endroit…

– Il y a des gens qui arrivent ! » s'écria Arianna.

Je levai les yeux et vis un petit groupe de personnes avancer sur le sable. De temps en temps, l'une d'elles se penchait pour ramasser quelque chose par terre. Ils devaient être une douzaine. Ils étaient encore loin, et avaient l'air petits, certains même très petits. Leur aspect était bizarre.

« Ce sont des enfants ! » s'exclama Arianna avec soulagement.

Nous attendîmes à côté du petit vieux qui continuait à marmotter qu'il ne voulait pas rater le prochain épisode des *Feux de l'amour*. J'espérais que les enfants allaient pouvoir tout expliquer. Eux, au moins, ils devaient savoir pourquoi nous étions ici.

LES ENFANTS

Au fur et à mesure que le groupe des enfants avançait, je les voyais de mieux en mieux. Notre présence n'avait pas l'air de les étonner. Le plus grand d'entre eux me regardait droit dans les yeux avec un large sourire. C'était un garçon d'une douzaine d'années, avec d'incroyables touffes de cheveux rouge feu dressées sur sa tête comme des bougies sur un gâteau d'anniversaire. Au milieu de son visage mince et couvert de taches de rousseur brillait une bouche pleine de dents étincelantes.

Toujours souriant, il nous rejoignit. Les autres se disposèrent en demi-cercle autour de nous et nous examinèrent, impassibles.

« Ça fait longtemps que vous vous êtes perdus ? » nous demanda le garçon aux cheveux de punk. Il portait une cape en toile cirée jaune, des bottes de cheval très brillantes mais dépareillées, et il s'appuyait sur une longue rame de bois avec la mine d'un chef indien s'appuyant sur sa lance.

Les autres aussi portaient des vêtements extravagants. Le plus petit, qui devait avoir trois ans, avait le torse nu et les jambes enveloppées dans une espèce de jupe effrangée qui lui arrivait aux genoux. Sa tête disparaissait sous un énorme casque de moto. On se serait cru en plein carnaval.

« Ça fait combien de temps que vous êtes ici ? » répéta le garçon en voyant que nous nous taisions, absorbées par le spectacle.

« Nous nous sommes perdus, tous les trois », répondis-je en un souffle. « C'est bizarre, d'abord c'est Arianna qui s'est perdue dans le tunnel aux chauves-souris, puis… »

Arianna me coupa la parole. « Giulia a voulu venir me chercher, et en revenant en arrière elle s'est trompée de chemin… »

Elle fut interrompue à son tour par le vieillard. « C'est moi, c'est moi qui me suis perdu ! Moi ! J'étais allé acheter mes cigares préférés, et puis après, je ne sais pas ce qui s'est passé… » Il secoua faiblement la tête.

Gâteau d'Anniversaire s'approcha de lui et lui donna une petite tape dans le dos.

« Allons, allons, ne vous inquiétez pas, il y a une solution à tout. Ça vous ennuie beaucoup d'être ici ?

– Je veux retourner à la résidence Sérénité. » Il avait l'air fragile, vulnérable ; on aurait dit qu'il allait se mettre à pleurer.

Le garçon se tourna vers nous en s'appuyant sur sa rame avec désinvolture. Les bougies d'anniversaire vibrèrent. « Vous aussi, ça vous ennuie de vous être perdues ? »

Pour qui nous prenait-il ? Nous étions surexcitées, et pour rien au monde nous n'aurions renoncé à résoudre tous ces mystères. C'était bien plus amusant que de rester dans la vieille mine à écouter Massimo.

« Nous ennuyer ? Pas du tout ! » répondîmes-nous en chœur. « C'est une expérience intéressante !

– Vous avez raison, c'est comme ça qu'il faut voir les choses !

– Daniel, qu'est-ce qu'on fait, on y va tout de suite ? » demanda l'un des enfants.

Daniel, c'était Gâteau d'Anniversaire. Après nous avoir décoché un autre sourire éblouissant, il agita sa rame et distribua quelques ordres rapides. Trois des plus grands enfants s'avancèrent vers le vieux. Avant que nous puissions réaliser ce qui était en train de se passer, l'homme fut hissé en l'air, canne comprise, et six mains l'entraînèrent vers des plaques de lave noire très lisses non loin de là.

Les autres enfants suivirent en une bruyante procession. Daniel hurla quelque chose que je ne compris pas. Pleines de curiosité, mais aussi d'une vague appréhension, nous nous approchâmes également.

Arrivée devant les plaques, je m'aperçus qu'une fente très profonde s'ouvrait dans le sol, comme si un énorme couteau avait coupé un morceau de cette roche noire.

Je regardai de plus près. La crevasse avait près de deux mètres de large et semblait descendre jusqu'au centre de la terre. On ne voyait pas le fond. Ses parois étaient tellement polies et brillantes qu'on aurait dit du verre noir.

Je me retirai, un peu secouée.

« Qu'est-ce qu'ils vont faire ? demanda Arianna au petit bonhomme au casque.

– Badaboum dans clevasse.

– Dans la crevasse ?

– Rentrer à la maison ! »

J'attrapai Arianna par un bras et la tirai en arrière de quelques mètres.

« Mais ce pauvre homme…

– Attendons ici », chuchotai-je.

Une petite fille s'approcha de la crevasse, un vieux parapluie à la main. « Retourne d'où tu viens ! » cria-t-elle en jetant l'objet dans le trou. « Tu ne nous sers à rien !

– Les objets inutiles on les jettera après ! Commençons par le pauvre vieux, il est pressé ! » cria le garçon qui s'appelait Daniel et qui avait l'air d'être le chef.

Je comprimai mes mains sur ma bouche pour retenir un hurlement. Ce n'était pas possible ! Ils n'allaient pas faire ça !

Eh bien si, ils le firent. Sautillants, tout excités, les enfants se mirent à balancer le vieux.

« Ho ! hisse ! Et hop là ! »

« AAAAAAAHHHH !!! »

Le hurlement se fit de plus en plus lointain jusqu'à ce qu'on ne puisse plus le percevoir. On n'entendit pas le choc final.

L'un des enfants jeta également la canne. Elle ne fit aucun bruit non plus.

Après quoi, tous les enfants s'attroupèrent autour de la crevasse. Ils nous tournaient le dos.

C'était maintenant ou jamais !

Nous avions déjà reculé de quelques pas. Nous nous retournâmes d'un bond et partîmes comme des lièvres.

Nous volions sur le sable noir, à moitié penchées en avant dans notre élan. Une fois au bord de la mer, nous tournâmes à droite, courant là où le sable mouillé offre une meilleure prise sous les pieds. J'avais mal à la poitrine à force de courir, j'étais à moitié aveuglée par l'effort et je n'étais même pas sûre de pouvoir trouver une cachette. Arianna avait l'air encore plus mal en point que moi.

Une seule chose était sûre : les enfants-monstres nous couraient après. S'ils nous rattrapaient, ils nous jetteraient dans la crevasse sans compassion, comme ils l'avaient fait avec le vieux. Je n'arrivais pas à chasser la vision du visage de ce Daniel, son expression satisfaite en voyant l'homme tomber, le sadisme avec lequel, juste avant sa chute, il lui avait souhaité un bon voyage en frappant le sol de sa rame. Et dire qu'au début il m'avait paru sympathique, avec ses touffes de cheveux !

Nous continuâmes à courir : il vaut mieux mourir d'arrêt cardiaque qu'être tué par des créatures diaboliques. Quand je vis des buissons, je fis signe à Arianna ; nous abandonnâmes la rive et nous déviâmes dans cette direction. Il valait mieux éviter de laisser des traces sur le sable. À ce moment-là, on ne voyait plus les enfants.

Nous pénétrâmes dans les buissons et commençâmes à gravir une pente raide. Mais ils étaient trop bas pour nous servir de refuge. Nous avançâmes donc, de plus en plus essoufflées, vers de grosses masses de granit rose. Quand nous l'atteignîmes, défaites, le souffle court, nous tournâmes autour pour voir si elles offraient une cachette.

Nous avions de la chance : le plus gros rocher de granit était en partie creux, et de ce côté-là une végétation épaisse et pleine d'épines le recouvrait entièrement. Ce n'était pas la cachette la plus efficace que l'on puisse trouver, mais nous devions nous en contenter. De toute façon, nous ne pouvions plus faire un pas. Arianna était blanche comme un linceul, les lèvres livides. Sa respiration s'était transformée en râle.

Nous nous jetâmes par terre et rampâmes péniblement jusqu'à l'entrée de l'abri. Une fois à l'intérieur, je remuai les buissons, en essayant d'éviter les épines, de manière que les ronces nous cachent. Nous nous serrâmes dans les bras l'une de l'autre, plaquées contre la roche pour prendre le moins de place possible.

Il n'y avait rien d'autre à faire.

Attendre en silence.

Faire travailler nos cerveaux pour trouver une solution.

Avant d'être dénichées comme une proie par des chasseurs.

LA CACHETTE

Dès que nos poitrines cessèrent d'évoquer des tambours de guerre pour se rapprocher du fond sonore d'un documentaire sur une opération à cœur ouvert, nous commençâmes à chuchoter.

« Tu te souviens de *Sa Majesté des mouches* ? demandai-je.

– Non.

– C'est un film tiré d'un livre. Tu ne l'as pas vu ?

– Non.

– C'est l'histoire d'une bande d'enfants qui fait naufrage sur une île déserte. Il n'y a que des enfants. Mais dès qu'ils abandonnent la civilisation, ils deviennent des sauvages sans pitié. Ils se mettent à chasser l'un d'entre eux et finissent par le tuer.

– Où est-ce que tu as vu un film pareil ?

– À la télévision. Mes parents ne savaient pas qu'en fait, c'est un film pour adultes, même si tous les personnages sont des enfants. À mon avis, c'est la même chose qui s'est passée ici.

– Ils avaient l'air tellement gentils, au début !

– C’était un piège, voilà tout.

– Giulia, comment est-ce qu’on va faire pour partir d’ici ?

– D’abord il va falloir qu’on découvre comment on y est arrivées !

– Et pourquoi on y est arrivées ! »

Bonne question. Pourquoi.

J’essayai de me concentrer, genoux sous le menton, bras autour du cou d’Arianna. J’avais bien une théorie, mais j’hésitais à la formuler : elle me semblait beaucoup trop fantastique.

« Nous sommes arrivées ici en passant à travers le cratère du volcan », lui murmurai-je dans l’oreille.

« De la mine au volcan. Tu penses qu’ils sont reliés ? Sans nous en rendre compte, nous sommes passées par un tunnel qui va de l’un à l’autre, et…

– Non.

– Non ?

– Comment expliques-tu l’apparition du vieux ? Il n’était pas dans la mine, lui. Il marchait à l’air libre, vers un bar-tabac. »

Nous gardâmes le silence une minute. On entendait un grondement lointain, comme un coup de tonnerre. Quand cela cessa, je décidai de faire connaître ma théorie à Arianna.

« Je pense que ça a à voir avec le fait que nous nous sommes perdues. Ne me demande pas comment, mais nous sommes arrivés ici tous les trois alors que nous venions de nous perdre.

– Giulia, ça n’a aucun sens !

– Mais si, forcément ! La preuve, nous sommes ici ! »

Arianna soupira, ferma les yeux, secoua la tête, et les rouvrit.

« Écoute, Arianna. Ça n'a aucun sens d'être ici, O.K. ? Et pourtant, nous y sommes. Pas vrai ?

– À moins que ce soit juste un rêve.

– Tu as déjà essayé de te pincer ?

– Oui.

– Moi aussi. »

Nous nous plongeâmes de nouveau dans un long silence.

« Tu dors ? demandai-je après une éternité.

– Non. »

Je tendis l'oreille pour capter d'éventuels bruits extérieurs, puis je déplaçai précautionneusement les broussailles qui nous environnaient pour jeter un coup d'œil aux alentours.

Le soleil était bas sur l'horizon et dardait d'écarlates rayons obliques sur les rochers.

Je n'avais jamais rien vu de tel. On aurait dit que le ciel entier était en train de presser son jus vital, sanguin, pour le reverser généreusement sur la terre assoiffée de lumière chaude. J'avais l'impression d'assister à un mystère interdit.

« Regarde ! » Je secouai Arianna. « Tu as déjà vu un coucher de soleil pareil ? »

Arianna bâilla. « Oui, dans une publicité pour une île des mers du Sud. »

La capacité d'Arianna à ne s'étonner de rien me laissait chaque fois sans voix. Quand moi j'étais ébahie, stupéfaite, époustouflée, elle se contentait le plus souvent d'un « Ça c'est drôle ! » Sauf, bien sûr, si elle se trouvait devant une créature en détresse. Dans ces cas-là, elle était capable de se pâmer jusqu'à vous donner la nausée.

« Ma montre est arrêtée. Il ne peut pas être trois heures quarante. Elle doit s'être cassée quand je me suis perdue dans la mine. » Je l'ôtai pour la secouer. « Tu as encore les deux Swatch que nous avons trouvées sur la plage ?

– Oui. »

Arianna les sortit d'un sac à main en velours noir (ramassé sur la plage) où elle avait fourré tous nos trésors. Elle me les passa. L'une affichait cinq heures dix, l'autre donnait la même heure que la mienne.

« Bah, ce n'est pas grave. Il suffit de regarder le soleil pour comprendre qu'il va bientôt faire nuit. »

À ce moment-là, le grondement se fit de nouveau entendre. J'étais tellement impressionnée par tout ce qui s'était passé que pendant un instant, l'idée me vint qu'il s'agissait du cri d'un animal mythologique, un Minotaure ou quelque chose du genre. Mais très vite, le bruit ne fut plus qu'un ronronnement, avant de s'arrêter complètement.

Le silence profond qui régnait nous rendit un peu plus sûres de nous, au point que nous recommençâmes à parler à voix haute.

« Quand il fera nuit nous pourrons sortir et aller chercher quelque chose à manger, proposai-je.

– Oui », répondit Arianna sans le moindre enthousiasme. « Tu crois qu'il a souffert ?

– Qui ?

– Le pauvre vieux, quand il est tombé.

– Il est tombé tellement vite… Il n'a sûrement pas eu le temps de comprendre ce qui lui arrivait. Ne t'inquiète pas.

– Tu n'as pas entendu son hurlement ? Comment peux-tu me dire de ne pas m'inquiéter ? glapit Arianna.

– Chut ! Parle moins fort !

– Pardon.

– J'ai une faim de loup », dis-je pour changer de sujet. « Pas toi ?

– Un peu.

– Nous n'avons rien, même pas une pomme. Dommage.

– Oh, une pomme ! » Elle avait le ton de quelqu'un qui ne voulait plus mordre dans une pomme pour le restant de sa vie.

« C'est de ma faute, lâchai-je après un énième silence.

– Qu'est-ce qui est de ta faute ?

– Si nous sommes ici. Si je ne t'avais pas abandonnée dans l'entrepôt, nous serions revenues en arrière ensemble.

– Tu ne pouvais pas savoir.

– Je n'aurais pas dû te laisser toute seule.

– Je n'étais pas seule, il y avait les chauves-souris.

– Tu as eu très peur ?

– Non. »

Parfois Arianna réussissait à me taper sur les nerfs.

Je sortis de nouveau la tête de l'abri. Le soleil resplendissait, rouge sang, au même endroit, avec la même intensité. Après avoir contemplé pendant quelque temps ce déploiement de nuances rouges, violettes et magenta, je remis les arbustes en place et revins me recroqueviller auprès d'Arianna qui gigotait.

« J'ai besoin de faire pipi, dit-elle, inquiète.

– Vas-y, je fais le guet. »

Arianna sortit et revint sans incident.

« Tout est tranquille », me rassura-t-elle. Au bout d'un moment, je sortis moi aussi pour la même raison, et je m'attardai un moment à contempler le ciel.

Il y avait quelque chose d'anormal, dans ce ciel. Je savais que les couchers de soleil, même les plus magnifiques, ne durent jamais très longtemps ; pourtant, celui-ci paraissait éternel. Quand avait-il commencé ? Je ne pouvais pas utiliser les montres, puisqu'elles ne marchaient pas, mais j'avais l'impression qu'un très long moment s'était passé.

Pendant que j'étais accroupie, le grondement sourd se diffusa encore une fois dans l'air. Je posai la paume de la main par terre : tout tremblait, comme si mille chevaux au galop étaient en train de traverser le centre de la terre. Juste après, le calme revint.

C'était le volcan.

Je retournai auprès d'Arianna. Nous reprîmes notre conversation, essayant d'oublier notre situation misérable. Nous parlâmes de ce que nous allions faire ensemble, pendant l'été : deux semaines auparavant, j'avais invité Arianna dans la maison au bord de la mer que mes parents louaient chaque année fin juin. Papa et Maman avaient très envie de la connaître, il fallait absolument qu'elle vienne. Ça commençait à bien faire, les rencontres au hasard des rues. Un mois entier ensemble ! Nous allions nous amuser comme des petites folles. Nous allions faire plein de promenades à vélo. Et le soir, nous allions pouvoir nous coucher tard, parce que maintenant nous étions grandes : nous allions avoir onze ans ! Et ce qui était fantastique, c'est que nos anniversaires tombaient à deux jours d'intervalle.

« Nous ferons la fête le même jour, nous inviterons tout le village. Papa a promis qu'il achèterait des feux d'artifice.

– Tu sais ce que je voudrais me mettre ? Le fuseau argenté et le body violet qu'il y a dans la vitrine du magasin Rose Séduction. »

Je tus le fait que ma mère, chaque fois que nous passions devant cette vitrine, faisait remarquer que les vêtements exposés étaient d'une rare vulgarité. Arianna se lança dans la description des vêtements de ses rêves. Je l'écoutai patiemment. Moi, c'est sûr, je ne pouvais pas porter de fuseaux argentés. Trop gros derrière ! Ça ne me désolait pas plus que ça, d'ailleurs.

Arianna s'éternisait ; je commençais à m'ennuyer. Je jetai un coup d'œil dehors.

Même paysage enflammé. Même soleil rouge sang.

Je me rassis, perplexe.

« Tu sais ce que nous pourrions faire ?

– Quoi ?

– Essayer de décrire ce coucher de soleil.

– Comment ?

– Ce coucher de soleil est… » Je marquai une pause. « C'est une apothéose de couleurs ! »

Arianna saisit immédiatement l'intérêt du jeu. Elle regarda dehors, puis s'exclama avec enthousiasme :

« C'est un chahut incandescent !

– Un exceptionnel embrouillamini de pigments !

– Une orange enflammée !

– Une explosion de stratosphère !

– Un œuf sur le plat !

– Tu sais quoi ? repris-je. Cet été, avec tous les objets trouvés ici, nous pourrions ouvrir un stand sur la place.

– Pour les vendre ?

– Seulement ceux que nous n'aimons pas. Nous nous mettrons sur l'escalier de l'église, aux heures fraîches ; nous ferons des affaires en or, tu verras !

– On ne va pas nous accuser de les avoir volés ?

– C'est vrai que ce sera difficile d'expliquer d'où ils viennent », admis-je.

Arianna haussa les épaules. « Mais bon, nous les avons trouvés, il faudra bien qu'on nous croie ! »

Nous vidâmes nos poches et le sac à main et discutâmes longtemps pour trier les objets à vendre et ceux à garder. Ils étaient tous tellement beaux qu'il était impossible de s'en séparer.

« C'est bête que tu aies jeté le chapeau, observa Arianna. Il t'allait bien. » Elle toucha ses lunettes de Lolita. « Celles-là je ne les vends pas. » Puis sa barrette. « Ça non plus. »

« Retournons sur la plage pour ramasser d'autres choses », proposai-je.

Arianna fronça le nez. « Non merci ! »

Je regardai à l'extérieur. Orange, œuf ou quoi que ce soit, le soleil était toujours là.

« Mais ça fait combien de temps que nous parlons ?

– Il ne fait pas encore nuit ?

– Non.

– Ça c'est drôle ! Tu as remarqué que quand on répète un mot plein de fois on ne sait plus ce que ça veut dire ? demanda Arianna.

– Quel mot, par exemple ?

– Perdu. Essaie de le répéter.

– Perdu perdu perdu perdu perdu perdu perdu perdu…

– C'est drôle, non ? On dirait quelque chose d'autre. Quelque chose de léger. Comme un oiseau.

– Un perdu ! Un perdu ailé. Et même… » Je fus prise d'inspiration. « Un père perdreau perdu !

– Perché près d'une perruche ! »

Le fou rire nous prit : larmes aux yeux, coups de coude, etc. Voilà, c'était ce genre de chose qui nous liait, Arianna et moi.

Mais au bout d'un moment le rire devint un peu forcé. Après tout, il n'y avait pas de quoi rire.

C'était INCROYABLE ! ÉPOUVANTABLE ! HALLUCINANT !

Quel était ce monde où les jeunes enfants jetaient des vieillards dans les précipices et où le soleil n'en finissait jamais de se coucher ?

Serrées dans les bras l'une de l'autre, nous fîmes silence, jusqu'à ce que nos pensées deviennent confuses et que des images absurdes commencent à surgir derrière nos paupières fermées. Comme des diables sortant de leur boîte.

26 juin

Chère Giulia,

Aujourd'hui le téléphérique était en marche. Sur un coup de tête, je suis montée dans l'une des cabines rouges. À présent je suis sur un sommet, et j'ai une vue à 360 degrés sur les montagnes environnantes. Si tu étais ici tu t'exclamerais : « Exceptionnel ! Exceptionnel ! »

Je ferme les yeux et je vous imagine, toi et Arianna, enfants. Je vois ta frange brune, le profil aristocratique d'Arianna, ses chaussures impeccables. Tu m'as montré une photo de toi à onze ans, une fois, tu te souviens ? Par contre, d'Arianna, je n'ai que ta description.

Tu sais qu'à force d'écrire à la première personne je suis en train de m'identifier à toi ?

J'ai couché ces premiers chapitres sur le papier sans problème. C'était amusant de reconstruire les dialogues de deux petites filles effrayées qui malgré tout n'arrêtent pas de papoter.

Bisous,

S.

PRISONNIÈRES

Je me réveillai en sursaut.

Ta-toum, ta-toum, ta-toum... Non, je n'étais pas sur un train. C'était Arianna qui était en train de me secouer.

« Tu es réveillée ? chuchota-t-elle.

– Maintenant, oui. Quelle heure est-il ?

– Aucune montre ne marche, tu te souviens ?

– Il fait jour ?

– Non. J'ai regardé dehors : il ne fait pas encore jour, mais le soleil s'est enfin couché. Il fait nuit. J'ai l'impression d'avoir dormi une éternité. »

Je me redressai et me frottai les yeux. Nous avions dormi assises, appuyées l'une contre l'autre. J'essayai d'allonger mes jambes qui étaient comme nouées. Je regardai dehors : la nuit était tellement claire que les étoiles avaient l'air d'être floues. La lune devait être quelque part, mais je ne la voyais pas.

« Moi aussi j'ai l'impression d'avoir dormi des siècles. »

Je me faufilai au-dehors et fis quelques pas. On n'entendait rien. Le volcan se taisait.

Je retournai auprès d'Arianna et passai la tête sous l'abri.

« Je pars en reconnaissance, dis-je. Je voudrais trouver de quoi manger.

– Je viens avec toi.

– Je ferai moins de bruit toute seule. Je n'irai pas loin. Si je ne trouve rien, je laisse tomber et je reviens tout de suite.

– Je ne veux pas rester ici toute seule ! »

Elle avait un ton de voix tellement alarmé que je décidai de ne pas insister. Je savais que, quand un petit animal à protéger ne la rendait pas intrépide, Arianna était capable de mourir de trouille. Comme tout le monde.

Elle sortit à quatre pattes, se redressa et brossa sa robe. Malgré sa barrette à fleur, elle commençait à avoir une apparence négligée ; ça ne lui ressemblait pas.

« Laissons tout ici, ce sera mieux d'avoir les mains libres », dis-je.

Arianna jeta le sac à main dans l'abri. Je vidai mes poches. Ce faisant je mis la main sur ma lampe électrique. J'essayai sans succès de l'allumer.

« Tu as encore ta lampe ? demandai-je.

– Elle a dû tomber… tu sais quand.

– De toute façon c'est mieux de marcher dans le noir, pour ne pas se faire repérer. »

Nous découvrîmes qu'en fait, il n'y avait pas besoin de lampe. La lune, où qu'elle soit, baignait les rochers et les arbustes de sa lueur argentée, et leurs ombres se détachaient sur le sol aussi vivement que de jour. Dans le lointain, un léger rayonnement coloré nous indiquait le sommet du volcan avec ses lapilli.

Nous nous dirigeâmes silencieusement vers la plage. À nos pieds, une présence rassurante : la mer, avec son doux clapotement et ses reflets couleur lune. Tout scintillait, comme si la nature avait décidé d'endosser une tenue de soirée, la plus somptueuse et la plus ténébreuse, celle de reine de la nuit. Sous l'invisible astre nocturne, le sable ressemblait à un tapis de paillettes. Les seules formes opaques étaient nos ombres qui nous précédaient sur la plage.

Nous marchions les yeux rivés par terre, à la recherche de quelque chose à se mettre sous la dent. Quand nous avions trouvé les stylos, lunettes et compagnie, Arianna avait également ramassé un sandwich, mais elle s'était aperçue qu'il avait déjà été mordu, et elle l'avait jeté. Peut-être que nous réussirions à le retrouver.

Nous découvrîmes un grand châle blanc que nous laissâmes où il était : il ne faisait pas froid. Je mis la main sur un bonnet en fourrure. C'était une toque de femme. « Tiens, sens comme c'est doux ! » dis-je en la tendant à Arianna.

« Qu'est-ce que c'est ? » demanda-t-elle en la prenant. « Oh ! » Elle la serra contre son cœur et éclata en sanglots. « Un castor ! gémit-elle. Pauvre, pauvre castor, quelle horrible fin ! »

Comment avais-je pu être aussi stupide ? J'avais envie de me donner des gifles. Passer à Arianna la peau d'un animal mort !

Nous enterrâmes la toque sous le sable. Arianna ôta la fleur en plastique de ses cheveux pour la déposer sur le petit monticule. Seulement à ce moment-là, elle arrêta de pleurer.

Nous reprîmes notre recherche.

« C'est incroyable la quantité de lunettes, parapluies et trousseaux de clefs qu'il y a ici ! » fis-je remarquer pour alléger l'atmosphère.

Quelques pas plus loin, Arianna trouva un panier d'osier. C'était un petit panier pour les enfants, comme ceux qu'on utilise pour emporter son goûter à l'école. Nous l'ouvrîmes.

« On se croirait dans un conte de fées ! » m'émerveillai-je.

Dans le panier, il y avait : une banane, une pomme, une barre de chocolat, un sandwich au jambon bien enveloppé dans du papier d'aluminium et un œuf dur. Pas un seul grain de sable n'avait pénétré à l'intérieur. Au fond, nous découvrîmes encore une serviette en papier et un jus de poire.

« Peut-être que c'est de la nourriture empoisonnée ! » dit Arianna.

J'attrapai le sandwich et je le coupai en deux. « Moi, je mange ! » rétorquai-je, la bouche pleine, en tendant l'autre moitié à Arianna.

« Du jambon ? » Arianna repoussa fermement ma main.

« Pardon, j'oublie toujours que tu es végétarienne.

– Comment peux-tu manger des cadavres ? » Elle avait déjà des sanglots dans la voix.

Je déglutis et soupirai. « Arrête de me regarder comme ça. Je t'ai déjà demandé pardon pour le coup de la toque.

– Pense à ce pauvre cochon…

– Ça suffit !

– Je peux manger le chocolat ?

– Seulement ta moitié. »

Nous nous assîmes là, juste en face de la mer scintillante et clapotante, et en deux temps trois mouvements nous dévorâmes l'intégralité du repas. Nous nous relevâmes quand le panier fut vide.

« Je me sens mieux ! annonça Arianna.

– Moi aussi. Mais ce ne serait pas mal de trouver encore un petit quelque chose… »

Nous reprîmes notre recherche : ce panier avait été destiné à un seul enfant, et nous étions deux. En approchant peu à peu de l'endroit où nous étions arrivées après avoir été éjectées du volcan, nous ramassâmes tout ce que nous pûmes déceler de comestible :

- plusieurs sucettes ;
- une brique de lait ;
- un cabas de supermarché rempli de boîtes de conserve et de légumes crus ;
- deux œufs frais ;
- un paquet de chewing-gums entamé.

Par prudence, nous décidâmes d'aller manger tout ça dans notre cachette. Là-bas, l'estomac rempli, nous nous détendîmes agréablement.

« Quel dommage qu'il y ait cette bande de monstres ! C'est tellement sympa, ici ! » dit Arianna, ranimée.

Sans même nous en apercevoir, nous nous rendormîmes.

Quand nous nous réveillâmes, la tête lourde d'avoir trop dormi, il faisait encore nuit.

« Qu'est-ce qu'on fait ? demanda Arianna.

– Sortons. Je n'en peux plus de dormir. »

Nous abandonnâmes à nouveau notre cachette, cette fois-ci en emportant tous nos biens. Nous suivîmes la plage dans la direction opposée à celle que nous avions prise en allant chercher de quoi manger. La nuit était toujours aussi claire et silencieuse. La lune n'était pas encore visible. Le volcan grondait au loin. Nous nous étions habituées à ce bruit ; du coup, quand Arianna m'attrapa par le bras en faisant « Chut ! », je m'inquiétai.

« Ce sont les enfants ?

– Chut ! Tu n'entends pas ? »

Nous écoutâmes avec attention. Le grondement avait déjà cessé.

Un pépiement ténu et incertain troublait le silence. C'était un bruit désolant, qui semblait tout proche. Nous n'eûmes pas à chercher longtemps.

Le poussin, si doux et si jaune (même sous la lumière de la lune), regardait vers la mer, l'œil rivé à l'horizon, comme si son sauveur devait arriver par là. Il avait l'air d'être la créature la plus seule au monde.

Arianna était déjà penchée sur lui.

« Oh, pauvre poussin, mon pauvre petit ! Comment es-tu arrivé ici ?

– Mais ma parole, tu les trouves tous ! me moquai-je en m'accroupissant près d'elle.

– Il est affamé. Passe-moi le reste du pain. »

Mais le poussin ne montrait aucun intérêt pour les miettes que nous lui tendions et continuait à lancer ses pépiements dans la direction de la mer.

« Il est trop petit. Il vaut mieux le jeter dans la crevasse.

– Quoi ? »

Pendant une fraction de seconde, j'avais cru qu'Arianna était devenue folle. Mais, à part le fait que ces mots ne pouvaient tout simplement pas venir d'elle, la voix n'était pas la sienne.

Lentement, très lentement, nous tournâmes la tête.

La bande des enfants était disposée en demi-cercle derrière nous. Ils avaient l'air nombreux, compacts, déterminés. Sur leurs visages, de larges sourires. Des rictus.

« Quand ils sont petits comme ça, nous les jetons dans la crevasse », répéta l'un d'entre eux.

Avec un hurlement, nous sautâmes sur nos pieds pour nous enfuir, mais le cercle autour de nous se resserra et de nombreux bras nous attrapèrent de tous côtés pour nous immobiliser.

« Du calme ! Du calme ! Pas de panique ! »

Je me démenais, je donnais des coups de pied, et quand je vis un coude devant mon visage, je mordis le plus fort possible.

« Aïe ! Ça ne va pas, non ? » cria quelqu'un.

La confusion était totale. Arianna se défendait bien : elle esquivait, et hurlait comme je ne l'avais jamais entendue faire, tout en parant les coups qui auraient pu atteindre le poussin qu'elle serrait contre elle. Mais c'était inutile. Ils étaient trop nombreux.

Je m'efforçai de penser à toute allure. Où était le chef ? Il fallait que nous nous adressions à lui, que nous fassions semblant de prendre tout cela comme une plaisanterie. Ça nous laisserait le temps de respirer. Ensuite, il s'agirait d'attendre l'occasion favorable pour s'enfuir. Mais j'oubliai mon plan quand je vis Arianna tendre les bras vers moi, criant : « Giulia ! Sauve le poussin ! » L'un des enfants le lui avait arraché des mains. Je me jetai sur lui.

« Mais ces deux filles sont complètement hystériques !

– Restez tranquilles, nom d'un chien ! »

J'essayai encore de mordre. Mais Arianna s'était jetée par terre, accablée sous le nombre. À coups de pied, je tentai de la rejoindre, mais je reçus un coup de poing dans l'estomac qui me plia en deux.

À travers mes larmes, je vis que quelqu'un était en train de rendre le poussin à Arianna. Elle le serra contre sa joue en sanglotant sans retenue. Je m'effondrai à ses côtés, vaincue.

C'était fini. Dans deux minutes, nous serions traînées vers la crevasse et immolées sans même une explication. Je cherchai la main d'Arianna et la serrai.

Je me demandais qui serait la première de nous deux à être jetée dans la crevasse. J'espère que ce sera moi, me disje. Je ne supporterai pas d'entendre son hurlement d'adieu.

Oh, mon Dieu, mon Dieu ! Qu'est-ce que nous faisons ici ?

DANIEL

De petites tapes sur la joue : *clac! clac!* et une voix lointaine.

Je gémis. Instinctivement, je cherchai à me soustraire à la chose mouillée étendue sur mon front. Je tournai la tête sur le côté et la chose tomba. Mais quelques secondes après, j'eus à nouveau une sensation de froid sur le visage. Autres gifles.

« Réveille-toi, s'il te plaît ! »

Le cocon d'ouate qui m'entourait commença à se déchirer. J'entrouvris avec effort mes paupières et arrachai le tissu mouillé qui me couvrait le front.

« Ce n'est que de l'eau de mer. Pour te faire revenir à toi. »

J'étais étendue sur le dos. À travers une brume épaisse, j'entraperçus une vague tache blanche juste devant moi. Quand la brume qui m'entourait s'effilocha, je vis que la tache était en fait un visage. Plein de sollicitude, de dents blanches, de taches de rousseur, et de touffes de cheveux droites comme un I.

J'eus besoin d'un certain temps pour reconnaître Gâteau d'Anniversaire. Quel était son vrai nom, déjà ? J'étais sur le point de refermer les yeux lorsque tout me revint.

Je m'assis d'un bond. « Où est Arianna ? » glapis-je. (Qu'est-ce qui était arrivé à ma voix ? On aurait dit une corneille.)

« Ton amie est ici. Désolé de vous avoir effrayées, je ne pensais pas que tu te serais évanouie. »

Je tournai la tête. Des points dansaient devant mes yeux.

Arianna était assise à deux mètres de moi. Elle avait l'air d'être encore entière, même si son visage était rouge et sale de larmes. Je ne l'avais encore jamais vue la morve au nez. Le gamin au casque de moto était serré contre elle, la tête sur ses genoux, à côté du poussin.

« Qu'est-ce que vous voulez nous faire ? » Je repoussai la main qui me tendait quelque chose.

Tous les enfants se mirent à parler en même temps.

« Taisez-vous ! Vous ne faites que les embrouiller ! Silence, j'ai dit ! » Gâteau d'Anniversaire donna un coup de rame par terre. « Nous ne voulons rien vous faire du tout. Nous étions inquiets, c'est tout. Je sais comment on se sent, au début, quand on arrive ici. Tu veux boire quelque chose ? »

Je pris avec méfiance la canette de Coca-Cola qui m'était offerte.

« Elle est empoisonnée ou seulement droguée ? » demandai-je du ton le plus sarcastique que je réussis à prendre.

La figure du garçon se plissa, les taches de rousseur

s'agitèrent. Il riait. Les autres enfants l'imitèrent immédiatement.

Je le fixai, furibonde. Je n'arrivais pas à me rappeler son nom.

« Ces imbéciles vous ont fait peur, n'est-ce pas ? Je les soupçonne de le faire exprès, avec les nouveaux venus. » Comme je continuais à le mitrailler des yeux en silence, il ajouta : « Si tu en veux, bois-en, sinon laisse-le. »

Canette à la main, je rampai jusqu'à Arianna. Je touchai son bras. Le gamin au casque se redressa et me dévisagea avec curiosité. « Tu es guélie, maintenant ?

– Ben voyons. En pleine forme », sifflai-je entre mes dents. Puis je m'adressai à Arianna. « Tout va bien ?

– Oui… Je crois. Même si je n'ai rien compris de ce qu'ils m'ont raconté pendant que tu étais évanouie. Ils parlaient tous ensemble !

– Si vous voulez écouter un moment, je peux tout vous expliquer, intervint Gâteau d'Anniversaire.

– Comment il s'appelle, celui-là ? » demandai-je agressivement au gamin casqué en lui indiquant le chef de bande. « Il ressemble à un gâteau couvert de bougies !

– Daniel.

– Silence, s'il vous plaît ! Taisez-vous tous ! »

Ça ne devait pas être un grand chef, ce Daniel. Personne ne l'écoutait. Je réfléchis que si j'arrivais à ramper peu à peu hors du cercle en compagnie d'Arianna, nous avions une chance de sauter sur nos pieds pour nous mettre à courir. Le tout était de les prendre par surprise.

Je fis semblant d'être plus sonnée que je ne l'étais. Je

m'appuyais pesamment sur Arianna, tout en la pinçant discrètement. Elle cligna cinq fois des yeux. C'était notre signal : elle avait compris.

« Parle, nous t'écoutons », dis-je en me touchant le front avec un grand geste dramatique. « Comme j'ai mal à la tête ! » Je ramassai le mouchoir mouillé que l'on m'avait passé sur le visage. « Il est couvert de sable », me lamentai-je. J'en fis une boule et le tendis à Daniel.

Obéissant, le garçon alla le rincer dans la mer. Arianna et moi en profitâmes pour reculer un peu, comme à la recherche d'une position confortable. Mais nous étions encore trop près pour pouvoir fuir.

« Vous venez d'arriver sur l'île du Temps perdu », déclara le garçon solennellement en me tendant le mouchoir mouillé. Avec des « Chut ! », tous les enfants s'assirent, enfin silencieux. Arianna et moi reculâmes encore d'un bon mètre. Je me passai le mouchoir sur le visage, et le tendis machinalement à Arianna pour qu'elle s'essuie le nez.

Daniel continua. « Les habitants de cette île sont tous ceux qui, d'une manière ou d'une autre, se sont perdus sur la Terre. De même, les choses que l'on trouve ici sont des choses qui ont été perdues. Cette île est un gigantesque dépôt d'objets égarés. »

Les enfants se mirent à rire et à approuver joyeusement. C'est tout juste s'ils n'applaudissaient pas.

« Le Coca-Cola que tu as dans la main et qui ne t'inspire pas confiance a été perdu quelque part sur la Terre, par exemple par un garçon qui l'a posé n'importe où pour jouer au ballon et qui ensuite a été incapable de le retrouver. »

Ça m'ennuyait de montrer trop d'intérêt pour ce qu'il nous racontait, mais j'exultais : ma théorie était juste ! « Je te l'avais bien dit ! Tu as vu ? » chuchotai-je à Arianna, fière de moi. « C'est bien parce que nous nous sommes perdues ! »

Arianna écoutait, bouche ouverte. L'étonnement nous fit oublier un instant notre stratégie d'esquive latérale. Je m'adressai à Daniel : « Vous vous êtes tous perdus ?

– Bien sûr, sinon nous ne serions pas là. Nous nous sommes perdus à des moments et des endroits différents, mais nous avons tous décidé que cette île nous plaisait. »

Forcément, cette île leur plaisait ! Ailleurs, comment auraient-ils pu s'adonner aux rites païens et sanguinaires qui, ici, demeuraient outrageusement impunis ? Je pinçai Arianna et nous nous éloignâmes encore d'un demi-mètre.

« Et ceux auxquels l'île ne plaît pas ? cria Arianna. Vous les assassinez ? »

Je lui envoyai un coup de pied. Comment pouvait-elle se comporter aussi sottement, alors que nous étions sur le point de sauter sur nos pieds et de nous enfuir ?

Daniel secoua la tête. « Vous avez compris tout de travers », répondit-il avec une patience exaspérante. « Personne n'est obligé de rester ici. C'est pour cela que nous avons jeté le vieux dans la crevasse. Il voulait rentrer chez lui.

– Et vous l'avez envoyé dans l'autre monde ! » Cette fois, c'était moi qui avais crié.

« Dans l'autre monde ? C'est presque ça : cette crevasse est la voie directe pour retourner dans le vieux monde, à l'endroit exact où l'on s'est perdu. Nous faisons comme ça avec tous ceux qui en ont assez d'être loin de chez eux ou qui ont envie de revoir leur famille. Les bébés, par exemple, nous les jetons toujours dans la crevasse. Nous nous débarrassons aussi des objets sans intérêt, pour faire le ménage. Sinon, au bout d'un moment, l'île serait recouverte d'un tapis de balles de golf et autres choses inutiles.

– Et qu'est-ce qui te dit que les gens que vous jetez dans le trou ne vont pas tout droit au paradis ? » demandai-je, sarcastique.

Le garçon ricana. « Tu n'as pas confiance, pas vrai ?

– Non. »

Il s'adressa à Arianna. « Et toi ? »

Arianna secoua la tête.

« Vous me prenez pour un fou ? »

Nous ne répondîmes pas.

« Je vous jure que vous vous trompez !

– Seul un fou peut croire qu'on ne meurt pas en tombant dans une crevasse pareille », dis-je en jetant des coups d'œil autour de moi pour sonder les expressions des enfants. Peut-être qu'il aurait été possible de les inciter à la révolte, de leur faire comprendre qu'ils étaient dirigés par un malade mental. Mais ils avaient l'air tellement amusés, tellement tranquilles.

« Il y a des journaux ! » s'exclama triomphalement Daniel. « Sur la Terre, il y a plein de quotidiens qui sont perdus sans arrêt, et ils parviennent tous ici. Nous sommes au courant de ce qui se passe dans le monde. Il nous est arrivé souvent de trouver la nouvelle de la disparition de l'un d'entre nous, ou de sa mystérieuse réapparition quand il s'était jeté dans la crevasse. »

Je regardai Arianna en secouant la tête et en vissant un doigt sur ma tempe. Comment voulait-il nous faire croire à une histoire pareille ?

« Un jour, un enfant de six ans est tombé dans la crevasse sans le faire exprès. Eh bien, quelque temps après, il est revenu, mais plus grand. Il s'était de nouveau perdu. Et il y a même l'une d'entre nous qui n'arrête pas d'aller et venir…

– Tu sais, j'ai trouvé un journal local qui parle du vieillard que nous avons renvoyé chez lui hier soir », l'interrompit un enfant à la peau mate d'environ dix ans. « Je l'ai là, si tu veux.

– Montre ! »

Le quotidien lui fut donné.

« Bien bien bien. Vous pouvez lire toutes seules. » Daniel s'approcha et nous tendit le journal, un sourire agaçant sur les lèvres. Je le lui arrachai des mains à contrecœur et jetai un coup d'œil. Daniel m'indiqua du doigt un entrefilet. « Regarde là, les "Chroniques des villages". »

Arianna se pencha et nous lûmes ensemble, en silence :

Alfredo Rossi, 87 ans, a été retrouvé sous le coup d'une amnésie partielle à deux kilomètres de la résidence Sérénité où il demeure. Tout ce qu'il a réussi à dire était qu'il s'était perdu et qu'il craignait de ne pas arriver à temps pour l'épisode des Feux de l'amour. *Encore un incident qui révèle la situation tragique des retraités dans ce pays…*

C'était très déconcertant, mais c'était écrit noir sur blanc. Je me détendis contre l'épaule d'Arianna. « Tu as lu ?

– Oui. » Arianna me prit la canette de Coca-Cola des mains et l'ouvrit avec un claquement.

Pendant qu'elle buvait, j'aperçus la lune. Elle avait réussi à sortir, enfin ! Un croissant mince, très net, éblouissant. Seulement, elle n'occupait pas dans le ciel la position verticale, plus ou moins inclinée, dans laquelle nous sommes habitués à la voir. Cette tranche de lune était horizontale dans le ciel, complètement allongée, à son aise.

Ce n'était pas tout : le croissant me parut énorme, dilaté. C'était sa couleur argentée qui me permettait de dire qu'il s'agissait bien de la lune et non pas d'un autre astre étrange. Je demeurai immobile, fixant le ciel sans cligner des yeux, et au bout d'un moment j'eus l'impression que ce croissant démesuré se balançait de manière presque imperceptible, comme une barque sur une mer tranquille.

LE CAMP

« Je peux regarder ce poussin une seconde ? »

Le garçon aux cheveux noirs et à la peau foncée, celui qui avait donné le journal à Daniel, s'était approché d'Arianna.

Elle eut un mouvement de recul, les bras fermés sur le poussin.

« Juste une seconde. Pour voir s'il survivra. »

Lentement, à regret, Arianna écarta les bras et entrouvrit les doigts, ce qui permit au garçon de se pencher pour regarder. « Ne le touche pas, l'avertit-elle.

– Si j'étais à ta place, je le jetterais dans la crevasse.

– Non.

– Comme tu veux. Mais je m'y connais en animaux, et je ne donne pas deux jours à celui-ci. »

Arianna se contenta de secouer la tête.

Je m'interposai : « Il a peut-être raison… »

Arianna me lança un regard noir. Je renonçai tout de suite. Il y avait tant de choses à comprendre, à assimiler, à découvrir, que le problème du poussin me semblait tout à fait secondaire.

« Comment vous appelez-vous, toutes les deux ? demanda Daniel qui s'était assis avec les autres.

– Giulia.

– Arianna.

– Moi, c'est Daniel. Lui, le passionné des animaux, c'est Bruno. C'est lui qui s'occupe de toutes les bêtes qui arrivent sur l'île. C'est incroyable le nombre d'animaux qui se perdent, vous vous en apercevrez toutes seules. Paola, dit-il en indiquant le gamin au casque qui restait collé à Arianna, est notre mascotte. C'est la plus jeune des enfants de l'île.

– Je croyais que c'était un garçon, dit Arianna en jetant un coup d'œil sous le casque.

– C'est une petite fille très intrépide. Elle s'est perdue dans un supermarché et n'a jamais voulu retourner auprès de sa mère. Lui, c'est Walter. »

Un garçon obèse, avec des lunettes et un air intelligent, nous fit un signe de la main. Je l'avais déjà repéré : c'était le seul à garder un air grave même quand les autres riaient.

« Il y a aussi les jumeaux… » Daniel s'interrompit. « Mais vous devez en avoir marre des présentations. Nous sommes trop nombreux. Voulez-vous venir voir notre camp ? »

Arianna et moi échangeâmes un coup d'œil. « Oui, dis-je. Mais il n'y a que des enfants dans cette île ?

– Quelle idée ! Non, pas du tout. Il y a aussi plein d'adultes, tous un peu… » Il se tapota le front avec son index. « Ils restent ici parce qu'ils s'ennuient sur la Terre. Heureusement, aucun d'entre eux n'a envie de jouer au parent, au contraire : en général ils manquent tellement d'esprit pratique qu'il faut que nous les aidions à chercher de la nourriture ou à construire un logement. Mais la plupart du temps, nous aimons rester juste entre nous. »

Daniel se leva, aussitôt imité par les autres. Nous cheminâmes dans la nuit claire, sous la gigantesque lune-barque, pendant environ une demi-heure. Arianna était devant moi, son poussin dans les bras. Elle tenait Paola par la main, et elle s'était mise à discuter avec Bruno qui restait collé à elle. À coup sûr, ils parlaient d'animaux. Moi, je marchais à côté de Daniel. J'avais plein de questions à lui poser, plein de mystères à éclaircir. Je commençai par le mystère du coucher de soleil.

« La nuit n'en finit pas, observai-je. Et le soleil a mis un temps fou à se coucher.

– C'est à cause du temps, il est différent ici.

– Qu'est-ce que tu veux dire par différent ?

– Cinq minutes sur la Terre correspondent à une semaine ici, ou quelque chose du genre. Dans l'île, tout est lent.

– Mais comment ça se fait ? demandai-je, stupéfaite.

– À mon avis, c'est juste notre perception du temps qui est différente. Mais Walter dit que mon explication n'est pas suffisante.

– Et c'est quoi, la bonne explication ?

– C'est à lui qu'il faut le demander. Il connaît bien ce genre de truc. C'est un adulte qui les lui explique, un scientifique célèbre qui s'est perdu sur la Terre il y a des années. Tu sais, ce physicien nucléaire qui a soudainement disparu ? Les journaux en ont parlé pendant longtemps. Eh bien, Walter et lui passent des heures à discuter ensemble. »

Je cherchai Walter des yeux et je le vis marcher un peu maladroitement, essayant d'éviter les stupides croche-pieds que lui faisait une gamine grande et maigre, emmitouflée dans un grand pull violet. Elle n'arrêtait pas de sauter autour de lui.

« Et celle-là, c'est qui ? demandai-je.

– On l'appelle Mouche. Personne ne connaît son vrai nom. Elle est un peu bizarre. Elle s'est déjà perdue sept fois, un vrai record. Chaque fois, elle reste juste assez longtemps pour casser les pieds de tout le monde, puis elle décide de retourner sur la Terre. Elle va se jeter dans la crevasse toute seule, sans prévenir. Et chaque fois, au bout d'un certain temps, nous la voyons réapparaître. Elle n'a plus ses parents », dit Daniel en baissant la voix. « Elle vit dans un orphelinat. Ça explique pourquoi elle se perd sans arrêt. Je crois qu'elle commence par s'enfuir, avant de s'égarer pour de vrai.

– Arianna aussi est orpheline », dis-je en baissant la voix. « Mais je ne pense pas qu'elle habite dans un orphelinat. Tu as vu comment elle est habillée ? Cet été, elle viendra passer un mois avec moi.

– Seulement si vous décidez de retourner sur la Terre », fit remarquer Daniel en souriant.

L'idée me frappa. Pouvions-nous réellement continuer à vivre sur cette île étrange ? Et après tout, pourquoi pas ? Rester toujours ensemble, Arianna et moi, sans personne qui nous dise de faire ceci ou cela, ça pouvait être fantastique. Au moins pendant un certain temps.

Nous étions arrivés.

Au clair de lune, le camp ressemblait à un agglomérat de sculptures modernes. Les formes pyramidales, anguleuses et irrégulières créaient des ombres étranges sur le terrain plat et caillouteux. Mais quand nous nous approchâmes, nous découvrîmes qu'il s'agissait en fait de tentes construites avec de la toile de parachute et des baleines de parapluie, le tout maintenu ensemble par un miracle d'ingéniosité.

« Nous nous arrangeons avec ce que nous trouvons, m'expliqua Daniel. Il n'y a que des choses arrivées par le volcan. Tu sais, il n'y a aucune chance que quelqu'un perde une maison en brique. » Il rit. « Par contre, un avion peut facilement se perdre. Voilà le mien. »

Je regardai dans la direction indiquée, de l'autre côté du terrain, où un petit biplan délabré était garé.

« Tu ne te refuses rien ! observai-je en levant les sourcils.

– N'importe qui a le droit d'entrer dans cet avion, même s'il est à moi ! protesta Daniel. Et de toute façon, c'est moi qui ai trouvé cette épave. Les autres m'ont juste aidé à l'apporter jusqu'ici.

– Comment est-ce qu'il a fait pour se perdre ?

– J'ai lu toute l'histoire dans un journal : l'avion avait atterri en se fracassant dans le désert ; le pilote, sain et sauf, a marché pendant des jours et des jours et il est finalement arrivé dans une ville. Mais après, il n'a jamais pu retrouver son engin. Dans le journal il y avait aussi le nom de l'avion : Condor. Tu vois, c'est bien lui.

– Il vole encore, ton Condor ?

– Non… Walter a travaillé pendant une semaine, avec l'aide d'un adulte, un navigateur solitaire qui s'y connaît en moteurs. Ils ont dit que seul un miracle le ferait redécoller. Du coup, j'ai enlevé les sièges pour faire plus de place et j'en ai fait mon chez-moi. »

Arianna s'avança. « Et nous, où est-ce que nous dormirons ? »

Daniel regarda autour de lui, cherchant des yeux un emplacement. « Quand il fera jour nous vous aiderons à vous construire une cabane. Pour l'instant… si vous êtes fatiguées je vous laisse mon avion ! »

Mais nous n'étions pas fatiguées. Nous avions dormi tellement longtemps dans notre cachette, et nous étions tellement excitées, maintenant que notre peur avait disparu, que nous aurions pu danser toute la nuit.

Les autres enfants n'avaient pas sommeil non plus. Les interminables nuits blanches de l'île semblaient faites exprès pour les récits, les jeux, les randonnées. Aucun adulte pour nous envoyer au lit.

Cette nuit-là, en notre honneur, un grand feu fut allumé pour cuisiner des brochettes trouvées par Mouche. Les allumettes ne manquaient pas : tous les enfants en possédaient une bonne douzaine. Comme combustible, on utilisait tous les objets en bois, vieux jouets, rames, troncs emportés par le courant des fleuves, balles de criquet, toutes choses qui ne réapparaîtraient plus jamais sur la Terre. Cela parce que – comme nous l'expliquèrent les autres – il ne fallait pas toucher à la végétation locale. Il y avait peu de plantes sur l'île : seules des graines emportées par le vent et perdues dans l'air prenaient racine sur ce terrain volcanique, fait d'obsidienne, de sable noir et de rochers pourpres.

Mais l'île était belle malgré tout. Belle, sauvage, primitive. Et – chose la plus importante – elle nous appartenait.

3 juillet

Chère Giulia,

Je t'écris assise dans la forêt. Les myrtilles mûres forment un véritable tapis : je n'arrive même pas à m'asseoir sans en écraser. Cet après-midi, j'irai au village m'acheter un short et un tee-shirt violets. Comme ça, je pourrai m'allonger où je veux sans être ensuite couverte de taches.

Je suis un peu indécise à propos de la végétation de l'île. Tu ne me l'as jamais décrite en détail, toujours trop prise par ton récit.

Comment est-elle, cette île ? Pas nue comme la Lune : quelque chose doit bien y pousser. Mais quel genre de plantes ? Quelles sont les graines qui se perdent le plus facilement ? Et qu'est-ce que ça veut dire, se perdre, pour une plante ? J'aimerais tant que tu sois ici et que tu m'expliques tout cela.

Je ne t'ai jamais caché mon incrédulité quant à cette aventure de ton enfance. Mais maintenant, cette incrédulité commence à se fissurer. Par moments, je me surprends à penser que l'île du Temps perdu pourrait bien exister.

Est-ce l'effet de l'écriture ? Écrire aurait-il le pouvoir de rendre les choses plus réelles ?

Pourquoi es-tu partie aussi loin ?

Reviens vite !

S.

LE COLOSSE

Le soleil pointait derrière les montagnes avec une lente indolence : il était évident que l'aurore allait prendre encore plus de temps que le coucher de soleil. Mais je commençais à m'habituer aux rythmes de l'île et je ne voyais plus la lenteur comme quelque chose de négatif.

Quand le soleil fut suffisamment haut, Daniel et Bruno vinrent avec nous chercher des matériaux pour notre future habitation. Pendant la longue nuit, nous avions entre autres trouvé le temps de nous reposer un peu dans l'avion de Daniel (un endroit très inconfortable), et maintenant nous avions hâte de commencer la construction d'une maison rien que pour nous.

Je voulais quelque chose de plus solide que ces tentes branlantes dont les autres enfants se contentaient. Ce dont je rêvais, c'était une jolie petite cabane en bois, comme j'en avais vu sur les cartes postales : deux fenêtres, une petite porte et un toit en pente. Arianna voulait que le toit soit recouvert de paille ; elle y tenait énormément. Elle disait que les cigognes se poseraient dessus.

« Il n'y a pas beaucoup de bois », nous expliqua Daniel quand, approchant de la plage noire, nous lui communiquâmes notre projet. « En général nous le réservons pour construire les habitations des adultes. Ils tiennent au confort, eux.

– Mais où donc vivent les adultes ? Jusqu'ici nous n'en avons pas rencontré un seul, fit remarquer Arianna.

– Vous en verrez, vous en verrez. Est-ce que vous voulez en adopter un, par hasard ? »

Nous le regardâmes, interdites.

Ce jour-là, Daniel avait l'air différent ; ça devait être à cause du bandeau rouge qui lui ceignait le front. De plus, ses cheveux n'étaient plus dressés sur sa tête par touffes. Quand je lui avais demandé pourquoi, il m'avait répondu qu'il n'avait plus de gel. Mais je soupçonnais qu'il n'avait pas aimé le fait que je le compare à un gâteau d'anniversaire. Quoi qu'il en soit, son visage semblait plus fin, et son sourire encore plus éclatant. Il s'était débarrassé de la rame qui lui servait de bâton et avait remplacé ses bottes et sa cape jaune par un jean et un tee-shirt blanc tout simple. Le bandeau rouge suffisait cependant à compenser l'absence de tous les attributs majestueux auxquels il avait renoncé.

« Vous voulez un adulte rien qu'à vous, dont vous serez responsables ? Veiller sur lui ? Lui offrir nourriture et affection ? nous demanda-t-il dans un grand éclat de rire.

– Moi, je ne me sens pas encore prête, m'exclamai-je immédiatement.

– On ne peut pas adopter un enfant ? proposa Arianna.

– Tu crois franchement que les enfants ont besoin d'être adoptés ? Même Paola, qui n'a que trois ans, est autonome.

– Moi non plus, je n'ai pas adopté d'adulte », intervint Bruno qui jusque-là était resté silencieux. « Tout mon temps est consacré aux animaux. Arianna, tu as envie de t'en occuper aussi ? Nous pourrions travailler ensemble. »

Le visage d'Arianna s'illumina. « Il y a beaucoup d'animaux sur l'île ?

– Oui. Quantité d'oiseaux qui ont perdu leur groupe pendant leur migration, et puis des chats, des chiens, des poissons, des lézards, des fourmis...

– Il y a quelque chose que je ne comprends pas, dit Arianna. Peut-être que tu saurais m'expliquer ?

– Qu'est-ce que c'est ?

– Le bébé chauve-souris que j'avais trouvé dans la mine. Il s'était perdu, lui aussi. Et pourtant, il n'est pas arrivé ici.

– Tu vois, pour être emporté par une éruption, il ne suffit pas de s'être perdu, il faut le savoir. Toi, tu t'en étais rendu compte, n'est-ce pas ?

– Oui, mais...

– Et puis la chauve-souris, tu l'avais ramassée, ajouta Bruno. Alors que toi, personne ne t'a trouvée. C'est ça, la vraie différence. »

Sur le visage d'Arianna, une ombre était passée : le souvenir de la peur éprouvée.

« Il y a beaucoup de bébés animaux qui se perdent ?

– Énormément. Mais quand ils sont trop petits, comme ton poussin, je les jette dans la crevasse. »

Arianna jeta un coup d'œil coupable au poussin qu'elle tenait à demi enveloppé dans un chiffon. « Pas tout de suite », murmura-t-elle.

Nous étions en train de traverser la plage qui nous était désormais familière, avec ses grands rochers rouges formant une digue naturelle qui empêchait les objets de tomber dans l'eau.

« Nous appelons cet endroit "la décharge", expliqua Daniel. Les adultes y viennent rarement. Va savoir pourquoi. Peut-être que ça leur rappelle le monde qu'ils ont laissé derrière eux et qu'ils veulent oublier. » Il se pencha pour ramasser un tapis de plage en jonc. « Le problème, c'est que la plupart des objets que les gens perdent sont très petits. Est-ce que ça peut vous être utile ? » demanda-t-il en m'offrant le tapis de plage.

Nous avançâmes lentement, entassant des éléments pour notre maison. Quelques morceaux de bois, une chaise longue, d'autres tapis de plage, un parasol.

« Vous avez de la chance », commenta Daniel en récupérant un panier de pique-nique enfoui sous le sable. « Une tornade, ou quelque chose du genre, a dû se déchaîner sur un littoral un dimanche après-midi, à l'heure de pointe.

– Je veux bien admettre qu'un animal comprenne qu'il s'est perdu, mais un objet ? » interrogeai-je en ramassant une serviette de bain au dessin magnifique. « Comment veux-tu que les *choses* prennent conscience qu'elles ont été égarées ? »

Daniel me fixa pendant un moment, puis toucha le bandeau sur son front et me répondit d'un ton rêveur, comme quelqu'un qui parle plus pour lui-même que pour son interlocuteur. « Est-ce qu'on sait ce que sentent les objets ? Peut-être qu'ils ont une perception quelconque… Tu as déjà essayé, toi, de t'identifier à un objet ? »

J'étais sur le point de lui répondre par un sarcasme, mais, Dieu sait pourquoi, je refermai la bouche et observai pensivement la serviette de bain.

« Pour l'instant, je n'arrive à parler qu'avec les arbres », murmura Daniel de l'air de quelqu'un qui confie un secret.

Je fis mine de ne pas avoir entendu et je me jurai que, si je restais dans l'île, j'éviterais ce genre de bizarrerie.

Il devenait clair que notre maison allait ressembler davantage à une cabine de plage qu'à un chalet.

« Eh ! Eh ! Fous, là-pas ! »

Nous levâmes les yeux. À une vingtaine de mètres, quelqu'un avançait en faisant de grands gestes. Short, appareil photo au cou, chapeau en toile, grand sourire dans un visage rouge vif : de toute évidence, c'était un touriste.

« Eh ! » cria-t-il en continuant à avancer. « Moi perdu mon chemin. Fous safez où moi être ? »

Il était allemand. Bruno, qui avait étudié cette langue à l'école, nous servit d'interprète.

« Il s'est perdu à Venise. Il dit qu'il a eu l'impression que quelqu'un essayait de le soulever du sol, mais il ne sait pas qui. Il n'a rien vu. Il croit être dans les alentours de la lagune de Venise.

– Explique-lui où il est, mais ne lui fais pas peur, dit Daniel. J'en ai assez de vos petites plaisanteries. »

Bruno conversa pendant quelques minutes dans un allemand scolaire. Le touriste faisait des signes d'assentiment. À la fin il s'adressa à nous tous.

« Alors facances chamais finir. Moi pas fouloir retourner en Allemagne. Matin, six heures, che prends foiture, puis train. Au trafail. Puis train, puis foiture. Et puis pluie, touchours. Pour ça, moi allé à Fenise. Mais seulement trois chours. Ici, fous dites touchours dans nature. Ya, ya, yafoll !

– Accompagnons-le auprès d'un adulte, suggéra Daniel. On recommencera la recherche plus tard. »

Nous nous mîmes en chemin, abandonnant sur place tout ce que nous avions trouvé jusqu'à cet instant, à part le panier de pique-nique que Daniel emporta avec lui.

Cette fois, nous empruntâmes un chemin qui s'enfonçait dans l'île. Une zone qu'Arianna et moi ne connaissions pas encore. Au fur et à mesure que nous nous éloignions de la côte, la végétation devenait plus dense. Il y avait même des fleurs, de petites grappes jaunes et de minuscules fleurs des champs bleu ciel. Kurt, le touriste allemand, n'arrêtait pas de prendre des photos. Daniel l'observait avec un peu d'appréhension. « J'espère qu'il ne va pas se mettre à s'habiller avec des feuilles et se nourrir de baies, observa-t-il à mi-voix. Après c'est moi qui dois aller chercher des médicaments contre les maux de ventre. »

Au bout d'un moment, nous rencontrâmes une dame d'âge moyen qui cueillait des fleurs en chantonnant. Elle s'interrompit en nous voyant arriver. « Bonjour, Daniel ! Qu'est-ce que tu m'apportes de bon ? »

Daniel lui tendit le panier. « Salut, Vittoria ! » Il se tourna vers nous. « Sur la Terre, Vittoria était syndicaliste. Elle n'avait jamais le temps de faire quoi que ce soit, même pas lacer ses chaussures ! Ici, elle peint des fleurs.

– Toi peins des fleurs ? » s'exclama le touriste en rougissant encore un peu. « Moi, ma passion, peindre des herpiers, mais moi pas très pon. Toi m'apprends ?

– Des herpiers ? Ah, des herbiers ! D'où sort donc cet Allemand ? demanda Vittoria en le regardant avec suspicion.

– Fenise. Moi allé en facances, et…

– À Venise ? Toi aussi ? » L'expression de Vittoria changea du tout au tout. « Moi aussi je me suis perdue à Venise ! Incroyable ! Il faut fêter ça ! »

Bruno et Daniel échangèrent un coup d'œil. « Je pense qu'on peut le laisser là », dit Daniel.

Nous prîmes congé de Kurt et de Vittoria.

« Ça vous dit de marcher encore un peu ? proposa Daniel. J'ai envie de vous montrer le Colosse.

– Le Colosse ?

– Une des Sept Merveilles du monde. Venez. »

Nous gravîmes une colline du haut de laquelle nous pûmes voir la mer de l'autre côté de l'île. À cet endroit-là, la côte n'était qu'une succession de fjords rocheux plongeant à pic dans l'écume. Quelque chose attira mon attention. Juste au bout du promontoire battu par les vagues se dressait une tour baroque. Elle scintillait au soleil comme si elle avait été d'or massif.

Mais je m'étais trompée : ce n'était pas une tour. Au fur et à mesure que nous descendions la colline dans la direction de la côte, je pouvais distinguer de mieux en mieux les contours.

« Exceptionnel ! m'écriai-je, enthousiaste.

– Je n'ai jamais rien vu d'aussi… d'aussi… » Arianna n'avait jamais eu le génie des adjectifs. « D'aussi gros ! » acheva-t-elle.

Ce qui se dressait sur la roche était une statue gigantesque faisant face à l'océan.

Daniel rit de notre surprise, puis nous entraîna vers la statue monumentale et solitaire.

« Eh, Daniel ! » cria une voix féminine.

Quelqu'un jaillit de derrière l'imposant trône noir où siégeait le Colosse.

« Salut, Marina ! Je t'amène des visiteuses : Giulia et Arianna.

– Bienvenue ! »

Nous étions bien trop ahuries pour serrer la main de la petite bonne femme aux cheveux noirs et crépus qui s'était avancée vers nous.

« Sur la Terre, Marina était directrice d'un institut archéologique, expliqua Daniel.

– Et j'étais réputée pour ma distraction. » La femme éclata de rire. « Perdue en Sicile, pendant que je dirigeais des fouilles. Et vous deux ?

– Dans une mine. »

Elle nous dévisagea avec attention. « Vous verrez, on est extrêmement bien ici. Pour moi, ce fut une chance incroyable d'arriver dans cette île. » Elle indiqua le Colosse. « Venez, on peut aussi le voir de devant, à condition de faire attention où on met les pieds. »

Nous marchâmes avec circonspection sur les rochers escarpés pour contourner la gigantesque statue. Les embruns nous arrivaient dans la figure ; l'air en était comme vaporisé.

Quand nous fûmes sur le devant du Colosse, nous levâmes les yeux, mais nous étions trop proches pour apercevoir le visage qui se trouvait au moins à une douzaine de mètres au-dessus de nos têtes. On ne pouvait pas reculer : derrière nous, il n'y avait que le vide.

« C'est la statue de Zeus que Phidias, le plus grand sculpteur de la Grèce antique, construisit à Olympie vers 420 avant J.-C., nous expliqua Marina. Elle était tellement extraordinaire que personne n'osa jamais en faire une copie. »

Pendant qu'elle parlait, je contemplais, bouche ouverte. Les bras, le visage et tout le corps de Zeus étaient recouverts de lames d'ivoire ; le manteau, lui, était d'or, décoré d'images d'animaux et de fleurs. Là-haut, tout là-haut, au-dessus de la tête du dieu, brillait une couronne de rameaux d'or. Le trône, qui semblait d'ébène, était orné de pierres précieuses, et présentait un enchevêtrement d'images variées : Victoires ailées, sphinx… Il était impossible de tout détailler : il y avait de quoi perdre la tête.

« Tu as vu les sandales ? me susurra Arianna. Jolies ! »

Marina lui sourit. « Ces chaussures m'ont donné du fil à retordre. Les pieds étaient en morceaux. Il m'a fallu beaucoup, beaucoup de temps pour rassembler les fragments de la statue.

– Comment s'est-elle perdue ? demanda Arianna.

– On dit que la statue avait été envoyée à Rome par voie maritime, mais que, pendant le voyage, les marins abandonnèrent le navire parce que Zeus s'était mis à rire bruyamment. La foudre tomba alors sur le navire qui coula à pic. Bien entendu, ce n'est qu'une légende.

– On dirait qu'il est huilé », remarquai-je en touchant le trône avec un doigt.

« À Olympie, pour protéger le dieu du climat chaud et humide, on faisait couler sur lui des fleuves d'huile d'olive. J'aime maintenir la tradition, même s'il me faut utiliser tous les types d'huiles qui me tombent sous la main. »

Je n'en finissais pas de découvrir de nouveaux détails. Les pieds du dieu, par exemple, reposaient sur un tabouret soutenu par deux lions d'or.

« Oh là là ! » murmurais-je. « Oh là là ! » murmurait Arianna. Nous n'arrêtions pas de regarder et de répéter « Oh là là » comme deux automates. Il n'y avait pas moyen de se soustraire à la sensation enivrante procurée par la vue du Colosse.

Marina nous expliqua qu'elle avait choisi elle-même l'endroit où ériger la statue : elle avait désiré en faire une sentinelle immuable, le regard fixé vers le large.

« Mais du coup, on ne peut pas voir son visage, dis-je.

– À Olympie non plus, les Grecs ne pouvaient pas voir ce *Zeus* en face. »

Après avoir dit au revoir à Marina, nous partîmes. Nous avions la tête qui tournait. Nous avancions avec légèreté, comme quelqu'un qui marche par plaisir et non pour aller quelque part.

« C'est une journée tellement belle ! » Arianna poussa un profond soupir pour faire entrer dans ses poumons l'air tiède et parfumé par les fleurs sauvages.

« Il fait toujours beau, ici. Jamais trop chaud, ni trop froid. Un climat adapté à tous les types d'animaux », dit Bruno qui devant le Colosse était resté collé à Arianna, muet comme une carpe.

« Un climat adapté à tous les types d'êtres humains, corrigea Daniel. Si vous n'êtes pas fatiguées, nous pourrions aller voir le professeur.

– Dans le camp des adultes ? demanda Arianna.

– Non. Ils ne vivent pas tous ensemble comme nous. Ils sont bizarres, ils veulent vivre chacun de leur côté. Nous trouverons le professeur à la bibliothèque.

– Quel professeur ? demandai-je.

– Le grand physicien, l'ami de Walter. Il sait tout sur l'île. »

6 juillet

Giulia chérie,

Les myrtilles commencent à devenir une véritable obsession. Quand je n'écris pas, je passe des heures à les ramasser. J'ai appris à reconnaître les meilleures, les plus grosses, cuites par le soleil. Pour en profiter au maximum, il faut en mettre sept ou huit dans la paume de la main et les fourrer toutes ensemble dans la bouche.

Si tu étais ici, nous pourrions faire un concours pour voir qui en mange le plus.

Hier soir c'était la fête, au village. Grandes tablées où on avalait du poulet rôti en engloutissant de grands verres de bière, et un orchestre qui jouait avec passion de vieilles chansons bébêtes. Moi, je m'étais installée sur un banc et je regardais la piste de danse bondée. En moi-même, je pensais à vous, aux enfants de l'île.

Pourquoi étiez-vous aussi heureux dans l'île du Temps perdu ?

Parce que vous étiez libres, c'est clair. Mais il n'y a pas que ça, n'est-ce pas ? Quelque chose, là-bas, t'a transformée, abstraction faite du degré de réalité de l'île. Je me trompe ?

Si seulement tu étais là !

S.

LE PROFESSEUR

« Nous sommes presque arrivés. Vous voyez là-bas ? » Daniel nous indiqua une clairière ombragée. Entre les cimes des arbres brillait un toit en tôle ondulée. « Voilà, ça c'est la bibliothèque. »

Je clignai des yeux pour mieux distinguer : la bibliothèque consistait en un hangar ouvert aux quatre vents, sous lequel – comme je pus le constater par la suite – se trouvaient rassemblés une grande quantité de livres rangés dans des caisses de tailles et formes variées.

Chargées de fleurs charnues et blanches comme la neige, les branches d'un grand magnolia s'avançaient au-dessus du toit. Plusieurs hamacs étaient accrochés à des troncs d'arbres. Sous le pavillon formé par les feuillages s'étendait un épais tapis de trèfles, et au milieu de cette herbe zigzaguaient de petits ruisseaux d'eau : c'était une oasis de verdure inattendue dans le terrain aride de l'île.

Pendant que nous nous approchions, Daniel nous expliqua d'où venait toute cette eau douce.

« Walter a inventé un système hydraulique très ingénieux pour canaliser toute l'eau venue des robinets qui gouttent, et il l'a dirigée ici, sur le terrain le plus fertile de l'île.

– Je m'étais demandé si les habitants de l'île étaient condamnés à boire uniquement des boissons en canettes ! s'exclama Arianna.

– Pas du tout, les robinets qui fuient n'ont jamais manqué nulle part.

– Tu aimes cet endroit ? demanda Bruno à Arianna.

– Beaucoup !

– Walter et le professeur sont passionnés par les livres, ce sont eux qui ont décidé de créer la bibliothèque dans un endroit frais et ombragé », continua Bruno, s'adressant – par pure bonté – également à moi. « Il y a une quantité incroyable de livres qui sont perdus sur la Terre. Chaque enfant qui en trouve un à la décharge doit l'apporter ici. Nous avons des textes rares, des vers d'Homère disparus depuis des siècles, des manuscrits du Moyen Âge qui n'ont jamais été retrouvés, des poésies de Dante… Je m'occupe de la section dédiée à la zoologie.

– Walter, lui, recopie les textes les plus antiques et les plus beaux, l'interrompit Daniel. Quand il a fini, il rejette les originaux dans la crevasse pour que la Terre puisse de nouveau profiter de ces chefs-d'œuvre. »

Nous étions arrivés.

« Bonjour ! »

Un homme d'une trentaine d'années, maigre et sec, avec une abondante chevelure châtain clair, sortit de l'abri. Il portait un vieux jean délavé et une chemise blanche aux manches relevées. Walter le suivait. Daniel nous présenta.

J'observai le grand physicien, intimidée. Massimo en avait parlé, une fois, à l'école, comme d'une légende. Et il était là, à faire le bibliothécaire !

« Installez-vous, je vous en prie ! » L'homme indiqua le gazon et les hamacs. « Mettez-vous où vous voulez. »

Nous nous assîmes tous sur l'herbe, et le savant s'allongea dans un hamac. Arianna remarqua un autre hamac où quelque chose était allongé.

« Qu'est-ce que c'est ?

– Ça ? »

Je me levai pour aller observer de plus près. Dans le hamac se trouvait un bras en marbre. Un bras de femme, exceptionnellement bien tourné, harmonieux, élégant. Le marbre était légèrement corrodé.

« C'est l'un des bras de la *Vénus de Milo*. Mais il ne devrait pas rester ici à prendre la poussière. Daniel, tu veux bien l'apporter à Marina ? On devient tellement paresseux, sur cette île ! » Le professeur se balança mollement, nous considérant avec sympathie.

Je touchai le bras avec un doigt, révérencieusement. Quand je raconterai à Papa, me dis-je, que j'ai non seulement vu le Colosse de Phidias, mais que j'ai aussi touché l'un des bras de la *Vénus de Milo* ! Mais je me rappelai bientôt que je n'allais pas revoir mon père de sitôt. Je repoussai bien vite cette idée, et je m'assis avec précaution sur le hamac, à côté du bras.

« Alors, mes enfants, des questions ?

– Un tas ! nous écriâmes-nous, Arianna et moi.

– Walter, avant de commencer, nous pourrions peut-être offrir quelque chose à nos invitées ?

– Merci, je n'ai pas soif », me dépêchai-je de dire. Je ne voulais pas retarder le moment des explications.

« Moi non plus, merci », ajouta Arianna poliment.

Mais Walter revenait déjà, tenant dans ses bras plusieurs sacs en plastique, comme ceux qu'on donne dans les supermarchés. Ils étaient tous bien gonflés et fermés par un élastique. À travers le plastique semi-transparent, on apercevait à l'intérieur des substances colorées.

Le professeur nous montra les sacs. « Je n'avais pas l'intention de vous offrir à boire ou à manger. On voit bien que vous êtes nouvelles ! Daniel ne vous a pas encore fait un massage au plancton volcanique ?

– Ça fait un bout de temps que je n'ai plus grimpé jusqu'au cratère, objecta Daniel. Et puis, au camp, nous n'avons plus un seul sac en plastique. Mouche les a tous rejetés dans la crevasse. Je ne sais pas ce qui lui est passé par la tête !

– Oh, mes pauvres enfants ! »

Nous contemplions avec étonnement les sacs que le professeur manipulait avec précaution.

« Qu'est-ce que vous préférez ? » demanda-t-il en agitant un sac contenant des choses vertes devant nos visages perplexes. « De l'espoir ? Ou bien une bonne dose de patience ? » proposa-t-il en nous tendant un sac jaune. « Moi, personnellement, je ressens le besoin d'un peu de mémoire. »

Voyant que nous le regardions avec plus de stupéfaction que jamais, il se décida enfin à s'expliquer.

« Vous devez avoir remarqué les lapilli colorés qui sortent du cratère du volcan nuit et jour. Je n'arrive pas à croire que ces vauriens ne vous aient pas encore expliqué de quoi il s'agit ! C'est ce que l'île offre de mieux !

– Professeur, vous ne seriez pas en train de devenir un peu trop dépendant du plancton volcanique ? demanda Daniel en croisant les bras.

– Mais à la fin, c'est quoi, ce plancton ? » demandai-je, mi-amusée mi-alarmée. « D'après la manière dont vous en parlez on dirait de la drogue ! »

Le physicien secoua la tête, légèrement agacé. « Mais pas du tout. Est-ce que j'ai l'air d'un drogué ? »

Franchement, il n'en avait pas l'air. J'avais déjà vu de vrais drogués à la télévision, et une fois, j'en avais même vu un en ville, à deux mètres de moi. Il ne leur ressemblait pas.

« Vert, espoir. Bleu, mémoire. Violet, inspiration. Jaune, patience… Alors, que choisissez-vous ? »

Nous décidâmes d'entrer dans son jeu. Arianna choisit un sac vert d'espoir ; moi, après de nombreuses hésitations, j'en pris un d'un beau rouge vif, parce que la couleur me plaisait.

« Et celui-ci, qu'est-ce que c'est ? » J'étais surprise de sentir que le sac était chaud, plein de quelque chose de mou. S'il n'avait pas été aussi léger, j'aurais pensé qu'il s'agissait de sable. Je n'avais pas la moindre idée de l'aspect que pouvait avoir le plancton volcanique.

« Voyons si tu devines. Ouvre-le.

– Comme c'est léger ! Comment est-ce qu'on l'ouvre ? demanda Arianna en secouant son sac vert.

– Comme ça. » Bruno, assis à côté d'elle, défit patiemment le nœud de l'élastique et entrouvrit le sac.

Arianna se pencha pour regarder. Ses yeux brillèrent. Je regardai également.

Je n'avais jamais vu un vert aussi lumineux : une émeraude, à côté, aurait ressemblé à une feuille sèche. Je touchai la substance. Elle était formée de minuscules perles translucides, chaudes, pas plus grandes qu'une tête d'épingle. Je plongeai une main à l'intérieur. C'était irrésistible. Ça froufroutait. Ç'avait l'air vivant. J'en pris une poignée sur la paume de la main, et Arianna m'imita. Comment est-ce que quelque chose d'aussi vert pouvait sortir d'un volcan ?

« Ça se mange ? demandai-je, éblouie.

– Si tu veux goûter, tu peux, mais je ne te le conseille pas, c'est très mauvais.

– Qu'est-ce qu'on en fait, alors ?

– Il faut les frotter sur la peau. Ce sont des granules minuscules. Quand on les presse contre la peau, ils s'ouvrent et libèrent une huile précieuse. Ce n'est pas un véritable plancton, bien entendu, mais on les appelle comme ça. »

Arianna continuait à fixer rêveusement la paume de sa main toute verte.

« C'est comme une crème de beauté ?

– Non, ça ne sert pas à rendre la peau plus lisse, ou quelque chose du genre ! lui répondit le professeur souriant.

– Tu n'en aurais pas besoin, de toute façon », la rassura Bruno.

Pendant ce temps, j'avais écrasé sept ou huit petites perles entre mon pouce et mon index, surprise de les sentir encore chaudes. Elles éclatèrent entre mes doigts et répandirent une substance humide d'un vert encore plus éblouissant, qui me colora immédiatement les doigts. Je portai mon index à la bouche.

« Ouark ! »

C'était comme si le sel de tous les océans du monde était entré dans ma bouche en même temps. Je recrachai encore et encore, pendant que tout le monde riait de mes grimaces, à part Arianna.

« C'est dangereux ? s'inquiéta-t-elle.

– Mais non ! Mais ce n'est pas comme ça qu'il faut l'utiliser, répondit Bruno. Il faut le frotter à la hauteur du cœur, c'est le meilleur endroit pour le plancton vert. Fais-toi un petit massage concentrique sur la peau, de préférence dans le sens des aiguilles d'une montre. »

Après l'avoir regardé dans les yeux un moment pour voir si elle pouvait lui faire confiance, Arianna passa la main sous sa robe et frotta le plancton contre sa peau avec des gestes circulaires, comme Bruno le lui avait conseillé. Tout de suite, ses joues prirent une belle couleur rose. Elle ferma les yeux, tout en continuant son massage. Quand elle les rouvrit, elle regarda autour d'elle avec étonnement, souriant à tout le monde, comme le font les bébés.

« Je suis sûre que mon poussin survivra », affirma-t-elle avant toute chose.

J'avais réussi à ouvrir mon sac toute seule. J'admirai son contenu : une mer de petites perles rouge carmin. On aurait dit des pépins de grenade miniaturisés. Splendides. J'avais envie de plonger mon visage dedans, mais je me rappelai le mauvais goût du plancton vert.

« Et celui-ci, comment est-ce qu'on l'utilise ? m'informai-je.

– Frotte-le sur la gorge. C'est là que c'est le plus efficace », répondit Daniel.

Je pris des petites perles sur le bout de mes doigts. Elles étaient aussi chaudes que les vertes, peut-être encore plus. Je me massai la gorge avec de lents mouvements circulaires.

Au début, je ressentis seulement un picotement, puis une chaleur sauvage et piquante se répandit sur ma peau, comme les effluves du cœur d'un dragon. Je continuai à masser, écrasant les granules sous mes doigts. C'était une chaleur vertigineuse, celle de chevaux dans une prairie ardente, celle de cieux enflammés et de grands espaces libres. Depuis ma gorge, ça irradiait dans tout mon corps, des pieds jusqu'à la tête où ça électrisait mes cheveux.

« Tu as déjà la gorge toute rouge, tu peux t'arrêter maintenant ! »

La voix de Daniel me parut venir de très loin.

Avec un certain effort, je m'obligeai à éloigner la main de mon cou. « Qu'est-ce qui m'arrive ? » demandai-je en observant mes doigts colorés de rouge et de vert. Je n'éprouvais aucune inquiétude, seulement de la curiosité.

« Quelqu'un, sur la Terre, a perdu son courage, et tu l'as assimilé. Ton amie, elle, a assimilé de l'espoir. »

Je regardai Arianna. Elle était radieuse. Quant à moi…

Par tous les dieux, ce que je me sentais forte et invincible !

Je commençais à comprendre. Les jets colorés que j'avais vu jaillir du cratère venaient, eux aussi, de la Terre. Ils étaient formés de petites perles d'états d'âme, de sentiments, de mémoire, de tout ce que les êtres humains perdent sans arrêt.

Combien de fois avais-je entendu mon père se lamenter d'avoir perdu sa mémoire d'autrefois ? Ou Maman dire qu'elle était en train de perdre patience ? De combien d'artistes disait-on qu'ils avaient perdu l'inspiration ? Eh bien, tout cela finissait ici ! Les enfants, de toute évidence, avaient un système quelconque qui leur permettait de capturer le plancton volcanique et de le conserver dans de banals sacs en plastique.

« C'est formidable », dis-je en regardant intensément tous les présents. « Ça fait un effet extraordinaire, mais je ne suis pas sûre que je le referai.

– Pourquoi ? s'enquit Daniel, curieux. Ça ne dure que quelques heures, après quoi la couleur disparaît, tout comme l'effet.

– Parce que ce n'est pas juste ! Sur la Terre, quelqu'un est en train de trembler de peur, tandis que moi je suis ici à me sentir forte comme un lion !

– Voyons, mon enfant, m'interrompit le professeur. Ce courage, tu ne l'as volé à personne. Il a déjà été perdu depuis longtemps… La personne concernée a sûrement, à présent, résolu son problème d'une manière ou d'une autre. Ce ne sont pas ces massages qui ôtent l'espoir ou la patience aux gens.

– Mais si nous les rejetions dans le cratère, ils retourneraient sur la Terre ! » s'exclama Arianna qui avait suivi toute la discussion avec beaucoup d'attention. « Et les humains vivraient mieux. » Elle dit « les humains » comme si nous ne faisions désormais plus nous-mêmes partie de l'humanité.

Il y eut un silence. J'eus l'impression qu'il s'agissait d'un silence coupable.

Arianna avait raison ! Je refermai mon sachet avec l'élastique.

Le physicien haussa les épaules. « Si nous faisions cela, nous nous sentirions comme des dieux ; nous tiendrions entre nos mains le destin des hommes. Non, non, il vaut mieux laisser les choses sur la Terre suivre leur cours sans intervenir. »

La discussion que j'avais déclenchée moi-même devenait un peu trop philosophique à mon goût. Je sentais encore dans ma gorge ce courage qui me rendait forte et intrépide. Je mourais d'envie de le mettre à l'épreuve. Y avait-il des monstres à combattre dans l'île ? Non ? Dommage !

Je me balançai sur le hamac. « J'ai remarqué quelque chose », dis-je.

Le professeur avait fini de se masser le front avec les petites perles de mémoire. Entre ses sourcils était apparue une tache bleu de cobalt, comme un troisième œil.

« Qu'est-ce que tu as remarqué ?

– Il n'y a que des gens de notre pays, ici. Tout le monde parle la même langue. Et les autres, alors ?

– Chaque pays a son île. Ceci est en réalité un archipel.

– Oh !

– Walter et moi l'avons entièrement survolé avec un vieil avion de l'aéronautique qui s'était perdu pendant la Première Guerre mondiale.

– Une ruine un peu moins en ruine que mon Condor », fit remarquer Daniel en riant.

Le professeur ignora l'interruption.

« Un jour, nous avons trouvé du carburant, et nous avons décidé d'aller faire un tour. Il y a une île volcanique pour chaque zone du monde. La Chine, par exemple, a une très grande île.

– Mais dans quelle partie du monde sommes-nous ?

– Nous pourrions être dans la vieille Atlantide, le continent disparu, qui se serait fragmenté en plusieurs îles », hasarda Walter. Mais on voyait qu'il n'était pas très sûr de lui.

« L'Atlantide a été engloutie, non ? Je n'ai pas vraiment l'impression d'être sous l'eau, ici, objectai-je, peu convaincue.

– Dessous, dessus, avant, après, le temps, l'espace, moi, toi... Que de concepts dépassés ! » Le professeur se balança plus fort sur son hamac sans confirmer ni repousser l'hypothèse de Walter.

Je persistai dans mes questions. Je voulais une réponse, au moins une, qui soit sensée.

« On peut savoir pourquoi tout est si lent, ici ?

– Disons que nous sommes dans une autre dimension, ou dans un univers parallèle, si cela signifie quelque chose pour toi. Le temps que nous vivons ici est le temps perdu sur la Terre. Voilà pourquoi il est si lent. C'est le temps perdu par les paresseux, les oisifs, les poètes, les enfants, et tous ceux qui rêvent les yeux grands ouverts... »

Le professeur s'interrompit un moment, posa un pied par terre pour arrêter le hamac et se mit à regarder rêveusement le ciel, comme s'il avait l'intention de donner une démonstration pratique sur la façon de s'y prendre pour perdre du temps. Puis il reprit :

« Ici, les journées durent une éternité, tu as remarqué ? J'ai étudié cette différence. C'est à cause de la vitesse de la lumière, qui n'est pas ce que l'on pense qu'elle est. » Il me scruta. « Tu veux vraiment une explication ?

– Oui… » répondis-je, hésitante, en fixant son troisième œil bleu.

« Cela vient du paradoxe des ondes et des particules. Donc, il faut savoir que… »

Le physicien s'installa mieux dans son hamac et se lança dans une explication interminable. Exactement comme je le craignais.

Je regardai autour de moi à la recherche d'une âme secourable.

Bruno et Arianna s'étaient allongés sur l'herbe l'un à côté de l'autre et s'étaient endormis. Walter s'était mis à recopier un livre, et Daniel avait disparu dans le hangar pour y feuilleter des revues. J'étais la seule interlocutrice disponible. Je peignis sur mon visage une expression de grande concentration et je m'installai plus confortablement dans le hamac. Je sentais le bras de marbre contre ma nuque. Puis cela disparut. La voix du professeur était devenue un murmure indistinct.

Quand je me réveillai, le hamac du physicien était vide, Daniel était allongé sur le trèfle avec un brin d'herbe dans la bouche, et Arianna était en train de me secouer.

« On s'en va ? proposa-t-elle. Je dois nourrir mon poussin.

– Où est le professeur ?

– Il est allé faire une promenade avec Walter. Bruno est parti vérifier s'il y a des animaux arrivés par le cratère.

– Bizarre.
– Quoi ?
– J'ai rêvé que j'étais dans un bois plein de myrtilles.
– Il n'y a pas de myrtilles dans l'île, dit Daniel en se levant. Le climat n'est pas assez humide. Allons construire votre cabane. »

Nous nous mîmes en chemin lentement, respirant à pleins poumons l'air pétillant du matin. L'aube n'était pas encore complètement finie et des petites gouttes de rosée fraîche mouillaient l'herbe sous nos pieds.

Arianna avait ôté ses chaussures. Je l'imitai avec un soupir de plaisir. « Mais n'y a-t-il aucun dragon dans cette île ? criai-je en lançant les chaussures en l'air et en les rattrapant au vol.

– Oh, oh ! » dit Daniel en me lançant un coup d'œil. « Je vois que tu as encore la gorge toute rouge ! Non, aucun dragon, désolé. Par contre… » Il toucha le bandeau rouge sur son front, comme pour s'assurer qu'il était encore là.

« Par contre ?
– Si tu es à la recherche d'émotions fortes…
– Ouiiiiii !
– Un jour, je t'emmènerai près du marais blanc.
– Emmène-moi tout de suite ! »

Je lançai de nouveau mes chaussures vers le ciel. Daniel les rattrapa à ma place. « Non. Je n'ai pas envie.
– Qu'est-ce qu'il y a là-bas ?
– Au-delà du marais blanc, il y a… des cannibales ! » Il lançait mes chaussures et les rattrapait en croisant les bras comme un jongleur professionnel. Il attrapa aussi celles

d'Arianna. Quatre chaussures dansaient sur nos têtes pendant que nous marchions.

« Des cannibales ? » s'effraya Arianna.

Je me mis à rire. « Crétin ! Toujours tes blagues stupides ! Mais tu ne nous fais pas peur.

– Si, si, moi j'ai peur ! gémit Arianna. Arrêtez, je ne me suis pas fait de massage au courage, moi ! »

Toutes les chaussures tombèrent par terre. Daniel avait soudain l'air très sérieux. « Si seulement un massage au courage suffisait !

– Bon, arrête, ça va comme ça ! » intervins-je. Je craignais qu'Arianna, effrayée, ne décide de rentrer sur la Terre.

Comme s'il avait lu dans mes pensées, Daniel changea de conversation.

9 juillet

Ma chérie,

Dans le roman, je te fais dire que tu as rêvé d'un bois de myrtilles. Ça m'a échappé, et après je n'ai pas voulu l'effacer. Les myrtilles n'ont rien à voir avec l'île, terrain volcanique et aride ; elles appartiennent exclusivement au paysage alpin qui m'entoure. Je le sais bien ! Mais si j'ai quelque chose dans la tête, comment empêcher que ça se retrouve dans le livre que je suis en train d'écrire ? Peut-être ne suis-je pas encore un écrivain professionnel : un véritable auteur ne mélange pas tout.

À propos des petites perles colorées : je serais bien contente d'en avoir à ma disposition, tu sais. Surtout celles d'inspiration. Tu m'as dit que le plancton d'inspiration devait être frotté sur le sommet du crâne. Je me trompe ou les parties du corps à masser correspondent plus ou moins aux points chakras de la médecine orientale ?

Je t'embrasse,
S.

LA CABANE

Tous les enfants participèrent à la construction de notre maison. Il en résulta une baraque étrange, suffisamment grande pour contenir deux matelas, une chaise longue et une petite table. Daniel nous avait offert plusieurs caisses d'un joli bois clair qui avaient contenu des savonnettes. « Parfois, les camionneurs perdent leur chargement quand ils vont trop vite », avait-il expliqué. Nous avions retiré le savon et utilisé les caisses comme des étagères.

Walter et Bruno s'étaient occupés du toit sous la direction de Daniel. Il était légèrement en pente, comme nous l'avions voulu, assez haut pour que nous puissions nous tenir debout dessous. Il était soutenu, au centre, par une grande barre d'aluminium provenant d'un parasol. Pas de paille : j'avais expliqué à Arianna que je n'avais aucune intention de passer des heures à la décharge à rassembler des brins de paille qu'il faudrait renouveler bien trop souvent. Du coup, c'étaient des canettes ouvertes bien martelées qui faisaient office de tuiles. J'avais ordonné de n'utiliser que des canettes de Coca-Cola, pour que notre toit, à défaut d'être en paille, ait au moins une belle couleur rouge uniforme. Peut-être que ça attirerait quand même les cigognes. Et sinon, tant pis !

Les murs et la porte de la cabane étaient formés par une charpente de bois recouverte de toile de parasol ; Arianna avait sélectionné personnellement chaque tissu, afin de pouvoir combiner agréablement leurs coloris et leurs dessins. Pour la fenêtre, elle trouva un rideau blanc à fleurs bleues que l'on pouvait fermer avec des lacets de la même couleur.

Arianna avait très bon goût, et tous les enfants furent d'accord pour déclarer que notre maison était la plus belle construction du camp. Sur le sol en terre battue, nous avions disposé les tapis de plage en jonc, et nous avions rassemblé sur la table basse tous les trésors que nous avions ramassés sur la plage, parmi lesquels émergeait ma toute première poupée.

Ça me faisait drôle, de la voir là, tout entière, alors que je l'avais perdue dans un déménagement il y a plusieurs années – au moins quatre ans. Elle avait réapparu dans les bras de Mouche qui se vantait de l'avoir trouvée un jour où elle creusait de profonds trous dans le sable de la décharge.

« Mais c'est ma poupée ! » m'étais-je exclamée en la reconnaissant surtout à cause de l'odeur (de Nutella et de lacets de chaussure mâchonnés). Mouche, après de longues négociations, me l'avait cédée en échange d'un crayon à maquillage rouge et bleu au capuchon doré. Pas plus grand que le petit doigt, c'était mon trophée préféré. Mais la poupée valait davantage.

Une fois que nous nous fûmes installées dans la cabane, Arianna se mit à construire un coin pour le poussin.

« Ce ne sera plus une maison mais un poulailler ! protestai-je, consternée.

– Juste pour le moment, me rassura Arianna. Quand il ira mieux, je le mettrai dehors. Tu ne trouves pas qu'il a grossi ? »

Je l'observai attentivement. « Peut-être », admis-je sans enthousiasme.

Nous nous étions assises chacune sur un matelas. Ces derniers consistaient en de la toile de parasol rembourrée par quelque chose qui crissait sous notre poids. Nous les avions hérités, avec les coussins, de deux enfants qui étaient retournés sur la Terre quelques heures auparavant. Il s'agissait de jumeaux. Tobia, l'un des deux, avait vu flotter dans les airs la tête de sa mère.

« Il y a des têtes humaines qui se promènent dans l'air, voltigeant comme des ballons », nous avait prévenues Walter. « Elles appartiennent à des gens qui ont perdu la tête, en proie à la passion ou à la terreur. Des amoureux, mais aussi des jeunes pendant des examens, ou des parents qui ne trouvent plus leurs enfants. Il ne faut pas les déranger, au bout d'un moment elles disparaissent d'elles-mêmes. »

La tête de la mère de Tobia avait une expression tellement troublée et désolée qu'il avait immédiatement été pris de nostalgie, et il avait convaincu son jumeau de retourner tout de suite à la maison. Et les matelas nous étaient restés.

Depuis l'interminable soirée passée dans la cachette, c'était la première fois qu'Arianna et moi nous retrouvions sans les autres. C'était agréable d'être à nouveau seules, dans l'intimité de la cabane.

« J'ai l'impression d'avoir habité ici depuis toujours, commentai-je, satisfaite.

– Moi aussi. Je suis tellement contente d'être ici !

– Ensemble ! »

Arianna fit une galipette sur son lit. Je ne l'avais jamais vue aussi heureuse.

Et moi, suis-je heureuse ? me demandai-je. Qu'aurais-je fait si j'avais vu, moi aussi, la tête de ma mère flotter dans les airs avec les larmes aux yeux et la bouche tordue par l'angoisse ? Je chassai bien vite cette image.

Je me sentais encore pleine d'ardeur, d'envie d'agir et de me jeter à corps perdu dans quelque chose. Tout me semblait possible. Rien ne me faisait peur.

« Arianna, qu'est-ce que tu penses de Daniel ?

– Bof. Je préfère Bruno.

– J'avais remarqué. J'ai vu comment il te regarde ! »

Un coussin atterrit sur ma tête. J'en attrapai un à mon tour et je le jetai de toutes mes forces sur Arianna. Le coussin se déchira, libérant une pluie de petites boules informes, blanchâtres et légères, qui rebondirent par terre.

« Qu'est-ce que c'est ?

– Ça alors !

– Un coussin rembourré avec...

– Du pop-corn !

– Regarde, il y a aussi du riz soufflé !

– Et des chewing-gums usagés ! »

Le poussin survécut et fut installé à l'extérieur, avec une poule qui venait d'arriver sur l'île. Arianna se trouva un nouveau protégé, un hérisson minuscule, tout blanc, avec des épines tendres et élastiques comme un plumage. Il ne devait avoir que quelques jours. Arianna prétendait qu'il la regardait avec des yeux implorants.

Inutile d'ajouter que Tim, le hérisson, prit la place du poussin dans un coin de notre jolie cabane.

Notre vie dans le camp s'adapta au nouveau rythme imposé par la longueur des nuits et des jours. On dormait quand on avait sommeil, même à midi. Comme les heures n'avaient pas la même signification que sur la Terre, le temps était rythmé par les habituelles éruptions du volcan. On se disait : on se voit dans deux grondements, rendez-vous dans trois grondements, au lieu de dire dans deux ou trois heures. Bien sûr, comme le volcan ne se faisait pas entendre à des intervalles précis, deux grondements pouvaient aussi bien être un long moment qu'une demi-heure. Il n'y avait pas moyen de le savoir à l'avance. Mais cela n'avait aucune importance. Il suffisait de s'entendre.

La nuit, en revanche, quand l'horizon était invisible et que la mer était tiède et phosphorescente sous l'énorme croissant de lune, il était difficile de rester enfermé. Dès le moment magique où les lapilli colorés s'incendiaient au-dessus du cratère contre le ciel obscur, marquant le début de la nuit, nous sortions tous de nos cabanes pour aller nous baigner. Ou danser. Ou jouer.

Dans la pénombre, il était aussi plus facile de remarquer des sphères, iridescentes comme des bulles de savon et grandes comme des balles de tennis. Délicates et impalpables, elles flottaient à un mètre du sol environ. Nous nous efforcions de les attraper, mais personne n'y était jamais parvenu. Dès qu'on essayait de les toucher, elles s'échappaient des doigts comme du vif-argent. Elles se glissaient même en dehors des filets de pêcheurs, et se remettaient à flotter juste un peu plus loin, silencieuses, moqueuses, insaisissables.

C'étaient les occasions perdues. Personne, vraiment personne ne peut s'approprier une occasion perdue par quelqu'un d'autre. Elles embellissaient le paysage, voilà tout.

La recherche de la nourriture occupait la majeure partie de notre temps : le plus souvent, nous trouvions des pâtisseries vieilles et dures comme du bois, des bonbons poisseux, des œufs plus vraiment frais... Mais parfois, nous mettions la main sur des butins succulents, comme la fois où nous avions trouvé des paniers-repas préparés pour une équipe de cinéma (sur chaque panier était inscrit *Le Fils du yeti*). Il devait y en avoir tout un camion. Ce fut une véritable manne ; nous découvrîmes que les acteurs mangent fort bien.

Mais malgré les longues heures passées à fouiller dans la décharge, comme personne ne cuisinait (nous mangions la nourriture telle que nous la trouvions), ne lavait les vêtements (nous les changions, tout simplement : il y a tant de choses qui s'envolent des fils où l'on étend le linge à sécher !) et ne prenait la peine de dépoussiérer (quelle drôle d'idée !), il nous restait énormément de temps libre.

Pour Arianna, le temps libre signifiait : liberté de s'occuper des animaux les plus petits. En compagnie de Bruno.

Pour moi : liberté d'explorer l'île. En compagnie de Daniel. Ou toute seule.

L'île était plus grande que je ne l'avais pensé au début, et elle me réservait continuellement de nouvelles surprises. Comme ce fond de ravin dissimulé aux regards, entièrement recouvert de baies violettes. C'étaient des myrtilles. Jusqu'à présent, personne n'avait jamais trouvé de myrtilles sur l'île.

« Bizarre », commenta Walter en en goûtant une précautionneusement lorsque j'en rapportai un plein panier. « Ce sont des myrtilles, pas de doute. Comment ont-elles pu arriver ici ? Les graines de cette plante ne se perdent pas, normalement ! J'en apporterai au professeur, il trouvera une explication. »

Le physicien mangea toutes les myrtilles et n'expliqua rien du tout.

Même si ce fut la seule fois où je trouvai quelque chose issu d'un rêve, je demeurai convaincue d'avoir découvert une autre loi de la nature : si on rêve de quelque chose intensément, un jour ou l'autre on le retrouve sous son lit. Ou dans les parages.

Je ne confiai à personne où était le coin aux myrtilles. Même pas à Arianna. Même pas à Daniel.

LE TEMPS NOIR

J'avais une idée en tête depuis un certain temps : je voulais que Daniel m'emmène au marais blanc.

Daniel temporisait. « Il n'y a rien d'intéressant là-bas. Ça n'en vaut pas la peine. Allons prendre un bain de mer, plutôt.

– Mais comment est-il, ce marais ?

– Oh, rien de spécial. »

Et d'autres fois, avec un sourire de supériorité : « Tu sais, c'est juste un lac salé en dessous du niveau de la mer. C'est sinistre, pourquoi veux-tu aller visiter un endroit sinistre ?

– Si tu me dis où est le marais blanc, je te dis où sont les myrtilles.

– Je ne suis pas gourmand. »

De rage, j'aurais voulu lui arracher du front le bandeau rouge auquel il tenait tant. « Je le trouverai toute seule », rétorquai-je, et je le plantai là.

Je finis par arriver à une conclusion : Daniel, le courageux Daniel, le chef de la communauté des enfants, avait tout simplement peur.

Un matin où j'insistais plus que d'habitude, Daniel me regarda droit dans les yeux, très sérieusement.

« O. K. », proféra-t-il à contrecœur. « Tu es devenue tellement casse-pieds avec tes "Emmène-moi au marais, emmène-moi au marais !" Tu veux y aller ? Alors allons-y ! »

Il se mit en chemin à toute vitesse, sans dire un mot. J'avais du mal à le suivre. Pour rejoindre le versant opposé de l'île, nous devions franchir un mont. Il nous fallut près de deux heures pour l'escalader.

Quand nous fûmes au sommet, le volcan dans notre dos, je restai sans voix devant la beauté dramatique du paysage.

Devant nous se déroulait une vallée de terre rouge et aride. Tout autour de cette vallée, d'étranges reliefs rocheux se dressaient contre le ciel comme des dos de dinosaures, nous empêchant de voir la mer qui devait se trouver de l'autre côté.

Le marais se situait juste au pied de ces reliefs tourmentés. Blanchi par le sel, il ressemblait à une étendue de neige incrustée entre des parois à pic.

Il n'y avait aucune végétation aux alentours du marais, pas un jonc, pas un arbre sur les bords de l'eau : rien ne troublait l'immobilité glaciale du paysage.

Nous traversâmes la vallée silencieuse sans rencontrer âme qui vive. Quand nous atteignîmes le bord de cette surface blanche, au seul endroit où elle était accessible, je me dis que pour rien au monde je n'aurais voulu plonger un doigt dedans. Cette bouillie de sel et de boue était répugnante. Pas un bourdonnement d'insecte, pas un saut de grenouille. Même eux, ça devait les dégoûter.

Je n'arrivais pas à comprendre si l'eau était profonde ou pas. Dans les endroits où de grandes crevasses s'ouvraient dans la croûte de sel, elle avait l'air dense comme de la mélasse, avec des reflets bleuâtres. Ici et là, de grosses bulles semblaient congelées et luisaient avec une opacité huileuse.

« Il y a plein de sables mouvants », murmura Daniel.

Nous restâmes debout sur la rive boueuse, observant en silence. Il y avait quelque chose de primitif dans ce marais, avec la crête des montagnes alentour qui se reflétait dans la surface translucide. Je m'attendais presque à voir émerger le monstre du loch Ness.

« Cette eau pue comme le souffle d'un hippopotame moribond », constatai-je. Comme d'habitude, j'étais à court de comparaisons vraiment efficaces. Cette eau sentait plus mauvais que tout ce que je pouvais imaginer.

Pour combattre mon malaise, je repris la conversation.

« Où sont les cannibales dont tu parlais ?

– Regarde attentivement, sur l'autre rive. »

Je mis ma main en visière et regardai de l'autre côté du marais. Entre les rochers s'élevaient de fines colonnes de fumée noire. Il n'y avait aucun moyen de contourner le marais pour rejoindre l'autre côté : les montagnes se jetaient à pic dans l'eau. Curieux, un marais avec des rives aussi escarpées, comme s'il était plus profond sur les bords qu'au centre !

« Tu dis que c'est un lac salé ? En dessous du niveau de la mer ?

– Oui. »

Je regardai à nouveau les montagnes qui entouraient l'étrange lac. Ça, là-haut, ce n'était pas un sentier ? Non, même une chèvre n'aurait pu grimper si haut. Je portai de nouveau mon attention sur la fumée.

« Qu'est-ce que c'est ? demandai-je.

– Des fumerolles. Toxiques.

– Toxiques ? Tiens, mais il y a un cimetière, là-bas ! » m'exclamai-je en remarquant des tumulus de terre ronds qui pointaient entre quelques troncs squelettiques. Ils étaient trop réguliers pour être l'œuvre de la nature.

« C'est là-bas que vivent les cannibales, chuchota Daniel. Ça, c'est leur village.

– Sous terre ? Pour se protéger de la fumée ?

– Non, maintenant c'est trop tard pour eux... » Daniel lança un caillou plat dans l'eau pour faire un ricochet. Non seulement le caillou rebondit sur la surface, mais il décrivit une courbe gracieuse en revenant en arrière. « Cette fumée rend idiots les gens qui la respirent, conclut-il.

– Exceptionnel !

– Tu trouves ça super, de devenir idiot ?

– Non, je voulais parler de ton ricochet. Encore un peu et le caillou revenait directement dans ta main !

– Ah ! Je te parlais de la fumée, donc. Les cannibales étaient des gens normaux, arrivés sur l'île parce qu'ils s'étaient perdus, comme toi et moi. Mais il y a longtemps, on ne sait pas comment, ils traversèrent le marais. Par curiosité, j'imagine. Et ils s'installèrent là-bas. Peut-être qu'ils s'étaient disputés avec les autres habitants, je ne sais pas. Toujours est-il que la fumée noire pénétra dans leurs poumons, et les transforma peu à peu.

– Comment ? demandai-je, inquiète.

– Ils devinrent apathiques, de plus en plus inertes et indifférents. Leurs yeux se voilèrent… Ils cessèrent de parler, de se laver, de chercher de la nourriture. Ceux qui atteignirent le stade le plus avancé, pour ne plus se fatiguer à chercher leur nourriture, commencèrent à… »

Il s'interrompit. Je me rendis compte qu'il avait les pupilles dilatées ; les taches de rousseur sur son nez paraissaient plus foncées. Sa bouche, qui d'habitude souriait toujours, était là presque laide à force d'être contractée.

« Ils commencèrent à… ? »

Daniel continua d'une voix étranglée : « Ils commencèrent à se manger les uns les autres. On dit que certains d'entre eux en arrivent au point de se manger eux-mêmes, un morceau ici, un morceau là. Tu sais, ils deviennent insensibles. À la fin, ils ressemblent à des lépreux…

– Mais pourquoi ? D'où vient cette fumée ?

– Il me semblait bien que tu t'étais endormie pendant que le professeur parlait, ce n'était pas juste une impression ! Il a une théorie. Il dit que toutes ces fumerolles représentent le temps perdu, mais pas celui des insouciants, qui nous fait vivre. Là-bas sort le temps que les gens perdent sur la Terre par stupidité, par manque d'initiative. Le temps que l'on perd à cause de la bureaucratie, des embouteillages. Tu comprends ? C'est un temps destructeur, noir, qui dévore celui qui le subit. »

Je frémis. « Mais pourquoi personne ne nous en a encore parlé ? » demandai-je d'une voix qui se voulait indifférente. Je n'avais pas envie que Daniel voie que j'avais peur, mais à ce moment-là j'aurais bien eu besoin d'un petit massage au plancton rouge.

« Beaucoup d'enfants ne connaissent même pas l'existence de ce marais.

– Mais c'est dangereux ! Pour eux, je veux dire. S'ils passaient par ici…

– Personne ne vient jamais ici.

– Mais pourquoi ne pas les prévenir du danger ? insistai-je. Tu avais commencé, avec Arianna et moi, et puis tu as changé de conversation. Pourquoi ?

– Avant, c'était la première chose que je faisais. Résultat : beaucoup d'entre eux repartaient immédiatement. Dès qu'ils entendaient parler de cannibales… badaboum dans clevasse, comme dirait Paola.

– Tu as eu peur que je reparte ? » murmurai-je en le fixant dans les yeux. « C'est pour cela que tu m'as fait croire que c'était une plaisanterie ? »

Daniel baissa les yeux, ramassa un caillou, le jeta sur l'eau, et pendant que je le regardais rebondir sur la surface blanche et effectuer une ellipse pour revenir en arrière, il murmura : « Oui.

– Je ne le ferai pas. Je ne partirai pas. »

Il me regarda de nouveau, et ses grandes dents scintillèrent dans le sourire qu'il m'adressa. « Après tout, le danger est tout relatif. Il suffit de ne pas traverser le marais… Les fumerolles ne se trouvent que là-bas.

– Qui est-ce qui connaît cet endroit ?

– Walter, bien sûr. Et Bruno. Ces deux-là ne repartiraient pour rien au monde.

– Mais pourquoi est-ce que le professeur ne m'en a pas parlé ? » Je jetai un caillou sans réussir à le faire rebondir une seule fois. Je n'avais jamais été capable de faire des ricochets. « Il a eu peur que je reparte, lui aussi ?

– Mais il t'en a parlé ! Sauf que quand j'y ai fait allusion, je me suis rendu compte que tu n'étais pas au courant : pendant qu'il parlait, toi tu dormais ! »

Je me mordis les lèvres. C'était vrai. Je m'étais endormie pendant les explications du physicien.

Je lançai un coup d'œil vers la fumée. Je pensais à ces malheureux qui vivaient sous terre et se mangeaient les uns les autres. « Il n'y a pas moyen de les sauver ? demandai-je sans conviction.

– Si quelqu'un allait là-bas, il deviendrait comme eux, à moins qu'il ne soit dévoré avant d'en avoir eu le temps. Il suffit de respirer cet air pendant environ dix grondements du volcan, et c'est fini. Non, personne ne peut les sauver. »

Je soupirai, presque soulagée. Pour parler sincèrement, je n'étais pas particulièrement attirée par l'idée de jouer les héroïnes. Je voyais désormais le marais comme une barrière qui nous protégeait des cannibales. Je pris la décision de décrire cet endroit à Arianna dès mon retour au camp. Je devais la mettre en garde.

13 juillet

Chère Giulia,

Cette nuit, j'ai fait un rêve : je m'enfuyais d'une grande maison pleine d'enfants querelleurs.

C'est un rêve récurrent qui me persécute depuis très longtemps. Je me demande ce qu'il signifie.

Plus tard.

Le marais. Tu ne m'avais pas précisé si l'eau était salée ou non, mais j'ai trouvé qu'un lac salé en dessous du niveau de la mer était plus adapté. C'est pour cela que je l'ai fait blanc. Le blanc est une couleur étrange, quand on y pense. Une couleur qui peut faire très peur. Tu ne trouves pas ?

Salut,
S.

LE HÉRISSON

Quand je revins au camp, Arianna n'était pas là.

« Elle est allée avec Bruno jeter le hérisson dans la crevasse », m'informa Mouche en ricanant. « Arianna ne voulait pas, mais Bruno lui a dit qu'il fallait le faire immédiatement.

– Pourquoi n'es-tu pas allée voir ? » demandai-je, irritée. Mouche adorait voir jeter des choses ou des personnes dans la crevasse.

« Ils n'ont pas voulu. » Mouche gratta ses jambes maigres qui sortaient d'un short très sale sur lequel elle portait son éternel pull violet.

Il y avait quelque chose qui n'allait pas, chez cette gamine. Elle était constamment agitée, elle cassait les pieds à tout le monde et savait se rendre insupportable de mille manières différentes. Elle n'était pas belle, avec son corps anguleux et maigre ; de plus, elle avait un tic : elle inclinait brusquement la tête sur le côté, comme pour éviter une gifle invisible. Ses yeux étaient étranges, presque trop intenses, avec en permanence une expression furieuse.

Dans le camp, les enfants ne la repoussaient pas, mais

instinctivement ils l'évitaient. On disait aussi qu'elle avait la désagréable habitude de se cacher dans les coins pour espionner les gens et entendre ce qu'ils disaient, avant de sortir à l'improviste, toute débraillée, en criant « Il y a un lion qui arrive ! Il s'est perdu en s'échappant du zoo ! Enfuyez-vous ! ».

Elle avait sa propre habitation, une tente faite d'imperméables cousus ensemble un peu n'importe comment. Mais elle n'y était jamais. Le plus souvent, elle se glissait dans la cabane de quelqu'un d'autre, et elle se jetait par terre pour y dormir, sourde à toute protestation. La nuit, elle se réveillait en sursaut et se mettait à chanter à tue-tête pendant des heures entières.

« Tu veux entrer ? » demandai-je avec une gentillesse forcée.

Mouche ne se le fit pas dire deux fois. Dès qu'elle fut dans la cabane, elle commença à s'agiter. Elle toucha ma vieille poupée, celle qu'elle avait trouvée, puis tous les objets posés sur la petite table, les boucles d'oreilles, les colliers, les rouges à lèvres (nous les collectionnions : nous en avions trouvé plus de trois cents, tous de nuances différentes).

Je la suivais des yeux, vigilante. « Non, ça non ! » m'exclamai-je quand je la vis essayer d'enfiler le fuseau d'Arianna. Ce fuseau était rouge feu, et non argenté, mais quand Arianna l'avait trouvé à la décharge elle avait déclaré que c'était juste comme cela qu'elle le voulait.

« Je l'essaie, c'est tout.

– Non. Il est à Arianna. Tu vas le déformer.

– N'importe quoi. Arianna et moi, nous sommes pareilles.

– Tu es complètement folle ?
– Je lui ressemble beaucoup.
– Elle est bien bonne, celle-là ! » Je me mis à rire avec aigreur.

Mouche me jeta un regard noir et laissa tomber le fuseau par terre. Quand elle en eut assez de toucher à tout, elle se jeta sur le lit d'Arianna et m'annonça avec pétulance : « Arianna et Bruno sont fiancés !
– Ce n'est pas vrai, dis-je, agacée.
– Si ! Je les ai entendus !
– Ah bon ? Et qu'est-ce qu'ils disaient ? »

Mouche parodia le bruit d'un baiser, les yeux fermés. Elle me dégoûtait. Je haussai les épaules.

« Quel âge as-tu, Mouche ?
– Huit.
– Huit ? Je croyais… »

J'étais surprise. Grande comme elle l'était, elle avait l'air d'avoir au moins deux ou trois ans de plus. Je me sentis envahir par une tendresse soudaine ; j'aurais voulu faire quelque chose pour elle, l'aider.

« Mouche… » J'hésitai. « Tu aimes l'île ? »

Elle haussa les épaules. J'aurais voulu lui demander si elle avait connu ses parents, mais j'eus peur de manquer de délicatesse.

« Qu'est-ce que tu as dans ce petit sac ? » Cela faisait longtemps que l'amulette qu'elle portait au cou avait attiré mon attention. C'était une petite bourse en toile rouge attachée à un cordon noir, et elle en prenait un soin tout particulier.

« C'est mon porte-bonheur. » Mouche serra la bourse dans sa main.

« Mais qu'est-ce qu'il y a dedans ?

– Je ne peux pas te le dire.

– Je peux toucher, au moins ?

– D'accord. »

Je palpai l'amulette. À l'intérieur, on sentait comme des grains durs.

Soudain, Mouche fit un bond en arrière et se mit à chantonner : « Et toi, tu es fiancée avec Daniel ! Vous êtes amoureueueueux !

– Arrête, ça suffit ! » Toute la sympathie que j'avais éprouvée pour elle s'était évanouie. « Tu ne penses jamais à autre chose ? »

Mouche se mit à rire. « A-mou-reux ! scanda-t-elle d'une voix de corneille. « A-mou-reux ! » Elle quitta la cabane en continuant à scander.

Je me jetai sur mon matelas pour reprendre la lecture du *Petit Prince*. Dès que je l'avais eu entre les mains, il m'avait semblé que ce livre s'adressait à moi. Lire m'avait toujours énormément plu, et maintenant, avec tout le temps que nous avions à notre disposition, sans lectures scolaires obligatoires (les livres d'école étaient immédiatement jetés dans la crevasse), je pouvais lire autant que je voulais. Mon seul regret était de ne pas pouvoir parler avec Arianna des romans que j'avais lus : elle ne s'intéressait qu'aux livres sur les animaux.

J'étais en train de penser à faire une pause pour aller chercher quelque chose à manger, quand Arianna entra et alla se recroqueviller sur la chaise longue sans dire un seul mot. Je compris tout de suite qu'elle avait pleuré. Je me glissai près d'elle et lui pris la main. « Qu'est-ce qui se passe ? »

Arianna me regarda, les yeux débordants de larmes. « Il n'a pas survécu… », gémit-elle avec une voix si ténue qu'il me fallut me pencher sur elle pour l'entendre.

« Qui n'a pas survécu ? »

Mais j'avais déjà compris. Quelque chose devait être arrivé à l'un des animaux. « Où est Tim ? » demandai-je. Tim était le hérisson blanc.

Arianna me jeta les bras autour du cou avec un sanglot.

« Oh, Giulia… Tim est mort en chemin ! C'est ma faute !

– Mais non, ce n'est pas ta faute !

– Si ! Si je m'étais dépêchée… Bruno n'arrêtait pas de me le dire ! Il insistait, il disait qu'il fallait faire vite, et moi, au lieu de l'écouter, j'ai essayé de lui donner du lait… Je ne voulais pas l'emmener tout de suite à la crevasse…

– Tu es certaine qu'il est mort ?

– Oui. Quand nous l'avons jeté dans la crevasse, il ne bougeait plus. Bruno a crié que c'était ma faute ! Je me suis enfuie.

– Bruno est un crétin. Et toi, tu ne peux pas être sûre et certaine qu'il est mort. Peut-être que maintenant, maman hérisson a déjà retrouvé son petit qui a l'air mort, mais qui ne l'est pas. Tu sais bien ça : un animal peut avoir l'air sans vie et en fait, deux ou trois coups de langue suffisent à le faire revenir à lui… »

Mais Arianna continuait à secouer la tête. « Comment est-ce que je peux le savoir ? Comment est-ce que je peux le savoir ? » répétait-elle, inconsolable.

C'est vrai, comment le savoir ? Les journaux n'allaient sûrement pas publier un article sur un hérisson retrouvé quasiment sans vie. Je restai à genoux à côté de la chaise longue, consolant Arianna en silence. « La nature est cruelle ! » sanglotait-elle. Toute l'amère et injuste réalité de la vie paraissait s'être appesantie sur ses fragiles épaules.

« Il faut accepter la vie comme elle est », murmurai-je. Je me sentais la championne des phrases toutes faites.

Arianna se redressa brusquement.

« Si je me jette dans la crevasse, je pourrai aller voir s'il est encore vivant !

– Ça me semble une très mauvaise idée. Tu ne sais même pas où il s'est perdu. Comment veux-tu le retrouver ?

– Je veux rentrer à la maison.

– Tu es folle ?

– Je ne veux plus voir Bruno.

– Mais il n'était pas sérieux !

– Je ne veux plus rester ici !

– Mais nous sommes tellement bien ici ! Nous pouvons rester toujours ensemble… faire ce qu'il nous plaît… »

Je ne savais plus quoi lui dire. Si Arianna s'en allait, je partirais aussi, forcément. Mais tout au fond de moi, une petite voix aiguë criait : « Je ne suis pas encore prête à rentrer à la maison ! Je veux rester ici ! »

Finalement, Arianna se calma. « Pourquoi as-tu jeté mon fuseau par terre ? demanda-t-elle brusquement.

– C'est Mouche qui a fait ça. Tu sais bien comment elle est. »

Arianna se leva, ramassa le vêtement et le lissa de la main. « La nature est cruelle », répéta-t-elle, mais cette fois-ci son ton était résigné, sans passion, comme si elle avait dit une évidence telle que « le soleil est chaud » ou « la nuit est sombre ».

Je poussai un soupir de soulagement. Le danger qu'elle veuille retourner sur la Terre était conjuré ; mais ce n'était pas le bon moment pour l'avertir de l'existence des cannibales. Je me rappelais combien elle avait été effrayée quand Daniel y avait fait allusion en ayant l'air de plaisanter.

D'ailleurs, ce n'était pas pressé. J'avais le temps d'attendre une meilleure occasion.

LE BANDEAU ROUGE

Daniel avait découvert une petite baie que l'on ne pouvait atteindre qu'à la nage. Dans les trous d'eau, entre les écueils, il y avait des myriades de petits poissons et autres petites bêtes très bonnes à manger. Grillés au feu, ils nous apportaient un peu de variété : on est vite fatigué de se nourrir presque exclusivement de sandwichs rances et de pop-corn.

En général, nous y allions seulement tous les deux : même sous la torture, Arianna n'aurait jamais sorti de l'eau la moindre crevette. Mais cette fois-là, quand Daniel était venu me proposer d'aller à la pêche avec lui, j'avais hésité : je ne voulais pas la laisser toute seule. Depuis l'histoire du hérisson, je m'inquiétais pour elle. D'un autre côté, je me disais que si elle était seule il y avait plus de chances que Bruno vienne faire la paix. Ce garçon ne pouvait pas accuser Arianna indéfiniment de la mort de Tim ! Cela dit, pour lui montrer ma solidarité, je lui avais proposé : « Si tu viens avec nous, nous nous contenterons d'observer les poissons, sans les capturer. » Elle avait refusé fermement : elle voulait rester dans la cabane.

« Pour quoi faire ?

– Pour ranger un peu. »

Il était évident qu'elle s'attendait, elle aussi, à ce que Bruno vienne la chercher.

Daniel et moi étions en train de pêcher depuis une bonne demi-heure quand certaines questions qui me trottaient dans la tête depuis quelque temps me revinrent en mémoire. Je préférais demander à Daniel plutôt qu'à Walter ou au professeur. Avec Daniel, je me sentais à égalité.

« Daniel, commençai-je, sans quitter des yeux l'eau où j'avais vu quelque chose bouger, est-ce que nous sommes immortels, ici ? »

Daniel leva les yeux, surpris. « Immortels ?

– Tu as déjà vu mourir quelqu'un, sur l'île ?

– Mourir… non. »

Je l'observais. Il était bronzé, maigre et fort. Ce jour-là, il ne portait qu'un short vert et bleu de footballeur, et un énorme chapeau mexicain à moitié défoncé. Avec ses cheveux roux dissimulés par le chapeau de paille et les taches de rousseur cachées dans l'ombre, ses traits paraissaient plus doux, et – bizarrement – plus adultes.

« Peut-être que le hérisson d'Arianna n'est pas mort, lui non plus. Bruno est un imbécile. »

Daniel sourit sans répondre.

« Avec ces journées incroyablement longues… qu'est-ce qui nous arrive ? Nous vieillissons ? »

Quand je me mets à poser des questions, plus rien ne peut m'arrêter. Elles sortent toutes seules de ma bouche, à toute allure, comme les clous du pistolet d'un tapissier. Ce doit être une autre loi de la nature.

« Tu sais quoi ? » dit Daniel en ôtant son chapeau.

Sur le front, il portait son bandeau rouge (auparavant caché par le chapeau). Ses petites touffes qui m'avaient frappée la première fois que je l'avais vu avaient désormais complètement disparu ; sa chevelure rouge feu donnait l'impression d'exploser hors du bandeau comme la crinière d'un lion.

« Quoi ?

– Je crois que c'est seulement notre perception du temps qui est différente de celle que nous avions sur la Terre.

– Qu'est-ce que tu veux dire par là ? » J'allai m'asseoir sur un rocher pour essorer avec mes mains le maillot de bain rose en tissu-éponge que je portais et qui avait le défaut de rester mouillé pendant des heures et des heures. Il allait falloir que j'aille à la décharge pour m'en chercher un autre. « Tu veux dire que c'est une illusion, c'est tout ?

– Tu sais, comme quand cinq minutes nous semblent durer une éternité.

– Mais nous, nous restons toujours jeunes ?

– Je ne sais pas, Giulia. » Il haussa les épaules. « Et quelle importance ? Nous *sommes* jeunes ! Et pour longtemps ! »

Il sourit en arrangeant le bandeau sur son front.

« Tu ne l'enlèves jamais, même pour dormir ? » Daniel aussi avait ses côtés puérils.

« Ça ? fit-il, surpris. Tu sais ce que c'est ?

– C'est un bandeau. Comme celui que portent les pirates.

– Oui, mais ce n'est pas un bandeau comme les autres. » Il l'enleva et me le tendit. « Fais attention, ne le mouille pas. Vas-y, essaie-le ! »

Je secouai les mains pour les sécher et j'attrapai le bandeau du bout des doigts. C'était un anneau de trois centimètres de large, fait avec des fils en laine rouge tressés ensemble. Ou en tout cas, on aurait dit de la laine. C'était doux, presque impalpable. Et beau !

Je l'enfilai, en soulevant ma frange pour le mettre bas sur le front, comme lui. « Ça me va bien ?

– Oui. Ferme les yeux, maintenant. Qu'est-ce que tu ressens ?

– Oh ! »

Pendant un moment, je fus incapable d'ajouter quoi que ce soit.

« Tout devient plus clair, non ? suggéra Daniel.

– C'est... Chaque chose est à sa place. Oui, tout est plus limpide, plus... compréhensible. » Je rouvris les yeux, émerveillée. « Qu'est-ce que c'est ?

– Je l'ai fait avec des fils rouges qui sortent du cratère. Ils sont tellement légers que le moindre souffle de vent les emporte au loin. Ils s'emmêlent dans les buissons ; c'est là que je les ramasse. Ils sont tellement fins que ça m'a pris très longtemps avant d'en avoir assez pour tresser ce bandeau. » Il me regarda avec son beau sourire éclatant. « Maintenant que tu l'as sur la tête, est-ce que tu devines d'où viennent les fils en question ? »

J'acquiesçai, grave. « Ce sont des gens qui ont perdu le fil de leur discours, ou d'un raisonnement...

– C'est ça ! »

Je gardai les yeux fermés, suivant le fil de mes pensées qui se déroulait, clair et logique, devant moi. Je n'avais jamais pensé aussi simplement, sans digressions.

« Giulia… Maintenant que tu l'as essayé, tu pourrais… Eh, Giulia !

– C'est de la concentration pure ! Exceptionnel ! » m'exclamai-je en ôtant le bandeau à contrecœur pour le lui rendre.

Daniel le remit. « Avec ça, je ne me distrais jamais. Parfois, c'est nécessaire de ne pas se déconcentrer, surtout quand on est chef et qu'on a des responsabilités. » Il soupira. « C'est un sacrifice qu'il faut bien que j'accepte. »

Je ricanai. « Tu ne le portais pas le jour où Arianna et moi sommes arrivées ici ! »

Il rougit, détectant l'accusation dans ma phrase. « Non, c'est vrai… et c'est bien pour ça que j'ai perdu le contrôle des événements et que nous vous avons effrayées à mort.

– Nous n'étions pas du tout effrayées. Mais tu fais bien de ne pas l'enlever. Et puis ça tient tes cheveux en place. »

Nous continuâmes à pêcher en silence pendant un long moment.

Quand nous n'étions que tous les deux, comme à ce moment-là, si j'avais épuisé mon stock de questions, Daniel et moi aimions écouter le silence. Enfin, pas vraiment le silence, mais les petits bruits qui le remplissent : des frottements, glissements, barbotements, petits plouf dans l'eau, ou le cri sporadique d'une mouette. À force d'écouter, l'oreille s'affine et apprend à distinguer les sons.

Daniel lança un cri de triomphe.

« Eh, regarde-moi ça ! » s'exclama-t-il, tout excité, en agitant en l'air une langouste qui remuait ses pinces. « Ça devrait plaire au navigateur solitaire !

– Qui est-ce, le navigateur solitaire ?

– Un ami à moi. Sur la Terre, il passait sa vie à traverser les océans dans un bateau à voile, tout seul. Et un jour...

– Il s'est perdu avec son bateau ! » terminai-je pour lui, en jetant dans un seau les minuscules crevettes que je venais d'attraper.

« Exactement.

– Et tu l'as adopté !

– Non, ce n'est pas son genre. Il est toujours en vadrouille, entre une île et une autre. Presque personne ne le connaît : il visite l'île tous les dix mille grondements, au maximum. Mais je viens d'apprendre qu'une avarie à la coque le retient à terre en ce moment. Et quand il répare son embarcation, il en oublie de manger. »

Je le regardai, pensive. J'admirais la manière spontanée avec laquelle il prenait soin de chacun, comme si c'était la chose la plus naturelle du monde. Ça devait être la raison pour laquelle les enfants l'avaient choisi pour chef. Ça, et l'air détaché avec lequel il montrait des dons que les autres n'imaginaient même pas. Il avait les réflexes les plus vifs, il était plus rapide que quiconque, mais il n'avait pas l'air d'y faire attention. Il ne se vantait jamais. C'était peut-être grâce au bandeau rouge, qui rendait sa pensée claire et cristalline.

« Daniel, comment est-ce que tu t'es fait cette cicatrice ?

– Celle-ci ? »

Daniel se toucha la pommette, juste sous l'œil gauche, là où un tout petit signe blanc ressortait sur le bronzage. « Rien d'héroïque. Je suis tombé de vélo quand j'étais petit. »

Je continuai à le regarder, remuant avec plaisir les pieds dans l'eau claire.

« Tu ne m'as jamais raconté comment tu t'es perdu », fis-je remarquer en écartant de mon front une mèche mouillée.

Daniel se concentra sur le seau où il installait la langouste. « C'était il y a longtemps, marmonna-t-il sans lever les yeux.

– Oui, mais où ? »

J'étais piquée de curiosité. Chaque enfant, peut-être pour compenser l'angoisse éprouvée à ce moment-là, avait raconté avec une certaine fierté comment il s'était perdu : Paola dans un supermarché, Bruno dans un aéroport, Walter aux musées du Vatican ; Mouche, qui s'était perdue tant de fois, avait une liste interminable de chemins parcourus, mais Daniel… Il ne m'avait jamais raconté quoi que ce soit sur lui-même.

« Dans un endroit que tu ne connais pas. » Il me tourna le dos.

Je décidai de laisser tomber. Je sais comprendre quand quelqu'un est en veine de confidences ou pas.

Ne pas s'appesantir sur leur vie passée était une tendance commune à tous les enfants de l'île, mais chacun y avait au moins fait allusion un jour ou l'autre. Sauf Daniel. Je ne savais ni qui étaient ses parents, ni où il avait vécu.

« Ça suffit pour aujourd'hui, dit-il. Et si nous allions voir s'il y a un nouveau ? »

Je descendis du rocher. Il était toujours très amusant d'assister à l'arrivée de quelqu'un qui venait de se perdre. Ils avaient tous la même expression étonnée. Ils regardaient autour d'eux et gémissaient : « Où suis-je ? Qu'est-ce qui s'est passé ? »

Les effrayer avec un sourire glacial, comploter entre nous et faire semblant de vouloir les jeter dans la crevasse constituait une grosse tentation, mais en général nous réussissions à nous retenir.

LE CHEVAL

Nous étions presque à la décharge quand j'aperçus au loin un nuage de poussière. Je mis ma main en visière.

C'était un cheval au galop. Sur le cheval se tenait un cavalier, et quand il se rapprocha, je réalisai avec stupeur que le cavalier était mon amie Arianna.

Elle chevauchait sans selle, en soulevant le derrière avec légèreté à chaque mouvement de l'animal et en s'agrippant à la crinière. Elle avait l'air d'avoir fait ça toute sa vie. Quand elle nous eut rejoints, elle lança un petit cri de joie et arrêta le cheval qui fit un quart de tour sur lui-même. C'était un bel animal, grand et sauvage, au poil marron et lustré comme une châtaigne.

« Et d'où est-ce qu'il vient, celui-là ? demanda Daniel après avoir dit bonjour.

– C'est Bruno qui me l'a offert. Il l'a trouvé ce matin près de la décharge. Il est bien nourri, docile, et il m'a prise en affection. »

Comme pour confirmer ses paroles, le cheval hennit.

« Il est magnifique », murmurai-je en caressant son

museau. « Tu ne m'avais jamais dit que tu savais monter à cheval.

– Quand mes parents étaient encore en vie, je faisais souvent des randonnées à cheval. Nous vivions dans une ferme, à la campagne. »

Je n'avais jamais vu Arianna aussi fière et hardie. Aussi heureuse.

« Mmm ! Tu sens bon ! remarquai-je. Qu'est-ce que c'est ?

– Un parfum, *Eau de Mademoiselle*. J'ai ramassé le flacon sur la plage. Il te plaît ?

– Super ! Très fleuri… » Je tournai autour de l'animal. « Il faudra lui trouver des rênes. Et une selle.

– Oui. Et il me faudrait des bottes. Et une bombe. Et aussi un pantalon d'équitation… »

Arianna était assise parfaitement droite, les yeux brillants, ses cheveux fins retombant sur ses épaules graciles. Elle portait son fuseau rouge et une tunique grise avec une poche rouge en forme de cœur sur la poitrine. Sa tenue était simple, décontractée, et pourtant à mes yeux, elle n'avait jamais autant ressemblé à une princesse médiévale.

« Pour les bottes, je peux te donner les miennes, je ne les porte presque plus », proposa Daniel.

Dans l'île, tous les enfants se changeaient continuellement. Personne ne tenait à ses vêtements, à part Mouche qui ne quittait jamais son pull violet et Paola qui ne sortait jamais sans son casque.

« C'est gentil », remercia Arianna. « Bruno est allé voir si par hasard il y a un autre cheval. Ce serait formidable de pouvoir galoper ensemble ! »

Il était inutile de lui demander si Bruno lui avait pardonné, pour le hérisson. Je regardai le bel animal qui tapait du sabot impatiemment.

« Je peux essayer, moi aussi ? » demandai-je. Je n'étais jamais montée à cheval, mais à voir Arianna le faire sans aucun effort, cela me semblait tout simple.

« Bien sûr ! Vas-y ! »

Avant que j'aie eu le temps de balbutier « Peut-être plus tard », Arianna était déjà descendue. « Courage ! » m'incita-t-elle en souriant. « Il est très docile. »

Daniel voulait m'aider, mais je le repoussai. Je voulais lui montrer que moi aussi, j'avais quelques dons. J'adorais sauter à la corde, plonger même de haut et grimper aux arbres.

Grimper sur le cheval fut légèrement plus difficile. À la quatrième tentative, j'y parvins.

« Bravo ! » cria Arianna. Elle ne quittait pas le flanc du cheval, et je lui en étais reconnaissante.

« Tu dois lui parler doucement, expliqua-t-elle. Et penche-toi en avant. C'est plus facile, au début, si on se penche en avant. »

Je fis ce qu'elle me conseillait. Le cheval bougea, et je me sentis très émue. Nous décrivîmes un grand cercle, toujours au pas. Je sentais les yeux de Daniel fixés sur moi. Peut-être qu'il était capable de tenir debout sur un cheval au galop, comme au cirque, mais moi je me sentais déjà très fière de réussir à garder une jambe de chaque côté des flancs de l'animal. « C'est magnifique », murmurai-je en me tenant à la crinière.

Quelques secondes plus tard, sans savoir comment, je me retrouvai par terre, assise sur mon derrière.

« Tu t'es fait mal ? cria Arianna.

– Tu t'es fait mal ? cria Daniel.

– Non. » Je me relevai. « Je voulais descendre », déclarai-je.

Je fis un sourire forcé. Heureusement, mon derrière est rembourré à souhait. Certaines mauvaises langues me comparent même à une Vénus hottentote, et Maman avoue parfois qu'elle aimerait bien y planter les dents, comme quand j'étais bébé.

« Ça arrive, les premières fois, me consola Arianna.

– Oui. »

Daniel me scrutait, inquiet.

À ce moment, nous vîmes Walter arriver au pas de course, haletant, rouge, les lunettes de travers.

« Vous êtes là », dit-il quand il nous rejoignit, en posant un regard absent sur le cheval. « Daniel, je t'ai cherché partout.

– Qu'est-ce qui se passe ?

– Le professeur veut te parler. Tout de suite.

– Il est à court de plancton ?

– Ne fais pas l'idiot. C'est quelque chose d'important, qui nous regarde tous. Tu viens ?

– Bien sûr. » Daniel ramassa le seau avec la langouste.

« Je viens avec vous, déclarai-je. Arianna, tu nous accompagnes ? »

Arianna donna de petites tapes amicales sur le cou de son nouvel ami. « Je préfère aller chercher Bruno. »

Un peu envieuse, je l'observai monter sur le cheval avec agilité. Est-ce qu'un jour je ferais ça avec autant de facilité ?

« Giulia, tu viens ? »

Je ne voulais pas abandonner le seau aux crevettes que j'avais mis tant de temps à remplir. Daniel et Walter s'étaient mis en chemin. Je saluai Arianna qui partait déjà au galop, diaphane comme la princesse des elfes, et je courus derrière les deux garçons en aspergeant tout sur mon passage.

LA MENACE

En général, nous trouvions le professeur allongé dans son hamac, entouré de sacs en plastique à moitié vides : il disait que c'était la position dans laquelle lui venaient les meilleures idées.

Mais cette fois, quand nous arrivâmes, le physicien n'était pas dans le hamac en train de se frotter le sommet du crâne avec les petites perles violettes d'inspiration. Il allait et venait incessamment entre le magnolia et le hamac, un livre à la main. Lorsqu'il nous vit, il écarta les bras puis les laissa retomber, en un geste de découragement. Ses yeux brillaient d'une lueur fébrile.

« Mauvaises nouvelles », dit-il en tendant un livre à Daniel. « Voici un reportage sur le Japon d'aujourd'hui. Tu sais ce qui arrive là-bas ? »

Daniel secoua la tête.

« Je ne lui ai encore rien dit, interrompit Walter.

– C'est vraiment dommage que ce texte ne soit pas arrivé plus tôt entre mes mains », dit le professeur d'une voix grave. « Je dois tous vous mettre au courant. Il vaut mieux que tout le monde soit informé de la situation.

– Qu'est-ce qui se passe ? » demandai-je en laissant tomber le seau qui renversa ses crevettes sur le trèfle.

« Qu'est-ce qui se passe ? » Le professeur me fixa de ses yeux inquiets. « Le Japon est en pleine crise, voilà ce qui se passe ! J'ai toujours pensé que le danger pourrait bien venir de là-bas. Ça fait un bout de temps que je suis inquiet. »

Je le regardais sans comprendre. Qu'est-ce que le Japon avait à voir avec nous ? « Une guerre va éclater ? » m'enquis-je.

Il secoua la tête impatiemment. « Ce n'est pas ça. Il ne s'agit pas de guerre. Giulia, tu sais que tout l'archipel vit grâce au temps perdu sur la Terre ?

– Oui, bien sûr.

– Tu le sais. Nous le savons tous. » Il désigna le livre. « Là-dedans, ils disent qu'au Japon, aujourd'hui, même les bébés ne perdent pas un seul instant. La vie des Japonais est programmée depuis leur plus jeune âge. Ils n'ont jamais de temps libre, de temps à perdre. À deux ans, ils doivent déjà produire, produire, produire. C'est terrible ! Les *conséquences* sont terribles. Quand ils grandissent, ils tombent malades. Ils se suicident. » Il fit une pause, puis ajouta d'une voix sombre : « Mais je crains que les conséquences les plus graves aient lieu ici, sur l'archipel. Le temps perdu diminue, devient rare, alors que le temps noir se multiplie. Les gens sont obligés de passer des heures et des heures à faire des choses qui ne les intéressent pas. Sans arrêt. À subir, sans choisir. »

Il marqua une autre pause dramatique.

Nous, silence total.

« Tout cela ne peut aboutir qu'à un seul résultat. Catastrophique.

– Lequel ? demanda Daniel.

– Plus il y a de temps noir, plus il y a de fumerolles. Plus il y a de fumerolles, plus il y a de cannibales. Et plus il y a de cannibales… »

Il laissa la phrase en suspens, en nous fixant de ses yeux exorbités.

Nous ne respirions plus.

« Du calme, les enfants », reprit-il quand il se rendit compte qu'il nous avait terrorisés jusqu'à la paralysie. Il se passa une main dans les cheveux. « Du calme. Avant de décider ce qu'il faut faire, je veux contrôler de près ce qui se passe dans tout l'archipel, et en particulier dans l'île du Japon. Si quelqu'un a trouvé une solution pour se défendre de la menace, nous pourrons l'adopter également, mais s'ils sont tous dans les conditions que je crains… ce sera à nous d'inventer quelque chose, et vite fait.

– Vous prendrez l'avion ? demanda Daniel.

– Non, il n'y a plus d'essence et nous n'avons pas le temps d'attendre qu'il en arrive. J'irai par voie maritime. Le navigateur solitaire a accepté de me prendre à bord avec lui ; j'attends juste qu'il ait fini de réparer son bateau. »

Il nous regarda un par un, comme pour s'assurer que nous avions bien compris la gravité de la situation. Je ne l'avais jamais vu aussi dynamique, mais on m'avait prévenue que de temps en temps il était pris d'une crise d'activité. Rarement, mais ça arrivait.

Il continua : « J'espère qu'à mon retour nous aurons

trouvé la stratégie à adopter. En attendant, vous devriez inspecter l'île pour vérifier qu'il n'y a pas de nouvelles fumerolles. Prévenez les autres, pour que personne ne respire la fumée nocive. Les fumerolles qui sont au-delà du marais sont tellement inaccessibles qu'elles ne m'inquiètent pas, mais si nous venions à en trouver aussi dans d'autres zones, il nous faudrait les entourer avec du fil de fer barbelé.

– Nous ferions mieux de nous dépêcher », dit Walter.

Daniel lui posa une main sur l'épaule. Son visage était calme et résolu. « Toi, va prévenir la population adulte. Moi je cours le dire aux enfants. Il faudra sillonner toute l'île.

– D'accord.

– Et moi ? demandai-je.

– Toi, tu viens avec moi. »

Juste avant de se mettre en route, Daniel remarqua le seau renversé à mes pieds. Il se pencha pour ramasser les crevettes tombées sur l'herbe et saisit également le seau avec la langouste. « Prenez ça, professeur. Apportez-les au navigateur solitaire. Il doit avoir faim. »

J'étais ahurie. Comment faisait-il pour penser encore aux crustacés en un moment pareil ? De toute façon, peut-être que nous n'allions plus jamais manger de fruits de mer, vu que la chair humaine risquait fort de devenir notre mets favori !

Au camp, Daniel réunit tous les enfants présents pour les prévenir du danger qui les menaçait. Moi, je me mis à la recherche d'Arianna : elle n'était ni dans la cabane, ni avec les autres. Je ne voyais pas non plus son cheval. À la sortie du camp, je tombai sur Bruno.

« As-tu vu Arianna ? demandai-je.

– Ça fait un certain temps que je la cherche, s'exclama Bruno. Je voulais lui dire que je n'ai pas trouvé d'autre cheval.

– Il y a de mauvaises nouvelles. Daniel t'attend pour en parler.

– Quelles mauvaises nouvelles ?

– Va voir Daniel, il t'expliquera. Je vais chercher Arianna. »

Bruno me remercia et rejoignit les autres.

Où pouvaient être Arianna et son cheval ?

Je me rappelais la direction que je l'avais vue prendre quand je l'avais quittée, sur la plage. J'étais sur le point de m'y rendre quand je me souvins que Mouche avait récupéré des jumelles à la décharge. Elles pouvaient m'être utiles.

Je la trouvai assise en cercle avec les autres enfants, autour de Daniel. Il me fallut cinq bonnes minutes pour la convaincre de me donner ses jumelles en échange d'un Walkman complet avec piles et cassette rock que j'avais trouvé la veille au soir. Je partis juste au moment où Daniel commençait à expliquer les théories alarmantes du professeur.

Arrivée à la décharge, je repérai facilement les empreintes des sabots sur le sable. Je les suivis pendant un bon bout de chemin, toujours le long de la mer, mais ensuite les traces déviaient vers l'intérieur. Vers la zone montagneuse.

Le même chemin que j'avais fait avec Daniel pour rejoindre le marais blanc.

Je me mis à courir, me griffant aux buissons, glissant dans ma hâte, m'arrêtant seulement pour hurler « Arianna ! ».

À un moment donné je ne fus plus si sûre de moi. Où étaient les empreintes ? Peut-être que je m'étais trompée. Peut-être qu'Arianna avait pris une autre direction.

Je décidai qu'avant de rebrousser chemin j'allais pousser jusqu'au marais. Juste pour être tranquille. Ce n'était plus si loin.

Un peu plus tard, j'aperçus, au-delà de la vallée, la surface plate et salée encastrée entre les montagnes. Elle scintillait au soleil comme de la neige.

Je soulevai mes jumelles. S'il vous plaît, faites qu'il n'y ait personne, priai-je en silence. Elle ne sait rien des dangers de la fumée !

La zone argileuse où je m'étais arrêtée avec Daniel était déserte.

Je poussai un soupir de soulagement et je déplaçai mes jumelles pour examiner la rive opposée, celle où se trouvaient les tumulus de terre. Cela faisait un drôle d'effet de les voir aussi proches : je pouvais apercevoir nettement les arbres squelettiques, les petits tas de terre et même deux ou trois formes humaines assises.

C'est alors que je le vis.

Il était là-bas. C'était bien lui.

Le cheval d'Arianna !

Il était attaché à un gros tronc tordu. Même couleur, même taille. Je ne pouvais pas me tromper.

Je regardai à droite et à gauche.

Aucune trace d'Arianna.

LA VIRE

Comment Arianna avait-elle fait pour traverser le marais avec son cheval ?

Et pourquoi est-ce qu'elle l'avait fait ?

Non pas que le pourquoi ait une quelconque importance, désormais. Quelle qu'ait été la raison pour laquelle elle était partie là-bas, il me fallait la rejoindre et l'arracher à ce lieu maudit.

J'inspectai les bords du marais avec mes jumelles. À part dans deux endroits – là où j'étais allée avec Daniel et devant le camp des cannibales –, les à-pics rocheux enserraient le marais de chaque côté.

« Inaccessibles », murmurai-je. Inaccessibles et terribles comme… comme… comme les montagnes de Mars.

Je commençai à descendre la pente vers la rive où le sable se mélangeait à la boue en prenant une couleur caca d'oie. De là, je ne voyais plus le cheval, mais je savais qu'il se trouvait là-bas. Et Arianna avec lui.

Quelles étaient les habitudes des cannibales ? Est-ce qu'ils mangeaient tout de suite leurs prisonniers ?

Giulia ! N'ouvre pas la porte à des idées de ce genre !

Reste lucide.

Lucide et active.

Dommage que je n'aie pas gardé un peu de plancton de courage. Une sueur froide me mouillait la paume des mains. Je n'avais pas le temps de retourner en arrière et d'aller chercher de l'aide : il fallait que je m'occupe moi-même d'Arianna. Tout de suite.

Je devais la rejoindre.

Le marais ? Est-ce qu'on pouvait le traverser à gué ? À part le fait que c'était dégoûtant, il y avait le problème des sables mouvants auxquels Daniel avait fait allusion. Cette eau dense donnait l'impression que quiconque y pénétrerait se ferait immédiatement aspirer dans son fond boueux.

Je recommençai à inspecter les montagnes avec les jumelles. Des parois infranchissables même par un alpiniste s'enfonçaient à pic dans les eaux troubles. À droite, un peu plus haut, je revis ce que j'avais comparé à un sentier de chèvres.

En l'observant attentivement, je constatai que ça ressemblait à un palier rocheux, large comme la main, qui parcourait la roche à mi-hauteur. Une vire, en langage d'alpiniste. De là où j'étais, je ne pouvais même pas voir si elle continuait ou si elle se perdait dans les montagnes. Il n'y avait plus qu'à aller vérifier. Autant dire rejoindre la planète Mars !

Je me mis à grimper sur le rocher, utilisant chaque anfractuosité, en faisant attention à ne pas mettre le pied sur un terrain friable. Enfin, à une dizaine de mètres au-dessus du marais, je trouvai l'endroit où la vire commençait.

On aurait dit un mince ruban de pierre qui se déroulait

sur le flanc de la montagne, remontant jusqu'à un tournant à angle droit. Ce tournant m'empêchait de voir ce qu'il y avait après.

À droite : une paroi verticale, presque lisse.

À gauche : le vide.

En dessous : le marais.

Au-dessus : le ciel. Bon, au moins celui-là ne me faisait pas peur.

Il n'y avait plus qu'à oublier que le vertige existait, ne pas regarder en bas, et avancer légère comme un papillon, un pied devant l'autre.

Je lançai un regard vers mes pieds. Je portais encore les chaussures de sport que j'avais mises pour aller visiter la mine ; ça pouvait aller.

Il ne restait plus qu'à faire le premier pas.

Ou mieux : faire les trois ou quatre premiers pas.

J'inspirai et avançai précautionneusement, une main appuyée à la paroi verticale. Heureusement que j'avais moins de onze ans et que je ne prenais pas trop de place.

J'avançai avec la certitude absolue que si un obstacle insurmontable se dressait sur ma route, je ne pourrais pas rebrousser chemin : la vire était trop étroite.

Je m'étais mise à compter : quarante-six, quarante-sept, quarante-huit… J'avais déjà fait quarante-huit pas. Et je n'étais pas encore arrivée au tournant.

Je transpirais. Peut-être qu'Arianna, avec son cheval, avait traversé le marais à gué. Peut-être que c'était la bonne chose à faire. Peut-être que les sables mouvants étaient une invention. Mais c'était trop tard pour changer d'idée.

Je dépassai le tournant. Le sentier, droit comme s'il avait été tracé avec une règle, continuait à monter. Mais un peu plus loin, il semblait disparaître, ou du moins devenir trop étroit pour qu'on puisse y poser les deux pieds. C'est là qu'il aurait vraiment fallu apprendre à voler.

En fait, la vire ne disparaissait pas, mais elle était à peine large comme une gouttière. Je tournai le dos au vide et je me collai à la paroi, en écartant les bras, le nez pressé contre la roche. J'aurais pu lui donner des baisers, à cette roche, si j'avais pensé que mes lèvres pouvaient servir de ventouse. Mais je me contentai d'avancer à petits pas latéraux et disciplinés.

Comment devais-je répartir le poids de mon corps ? Pourquoi ne m'étais-je pas inscrite à ce cours d'escalade, à l'école ?

Avance, Giulia !

Quelques minutes plus tard, j'avais dépassé un autre tournant et mes pieds reposaient sur un sentier d'au moins trente centimètres. J'exultai, remerciant la loi de la nature qui fait que la chance sourit aux débutants. La vire était de plus en plus large. L'ennui, c'est que la direction n'était plus la bonne : j'étais en train de m'éloigner du marais.

Je vis soudain que deux mètres en dessous se trouvait une pente en pierre ponce qui descendait assez bas. Je pouvais en profiter : sauter, et quitter cette maudite vire.

Un petit saut de deux mètres. Je respirai profondément et sautai, en essayant de laisser mon derrière amortir le choc.

À l'atterrissage, je glissai sur la pierre ponce pendant encore quelques mètres, puis je m'arrêtai. Je me relevai, m'époussetai et affrontai la descente.

Où étaient passées mes jumelles ? J'avais dû les perdre en sautant. Tant pis. Je n'allais pas retourner les chercher.

Je descendais moitié marchant, moitié glissant sur mes fesses. J'allais beaucoup plus vite. À un moment donné, je regardai autour de moi.

Le marais !

Je n'en voyais qu'un morceau, scintillant et candide ; le reste était caché par la montagne. Mais cela signifiait que, même si j'étais encore loin, j'avais atteint mon but : j'étais désormais du côté des cannibales.

Je continuai à descendre la pente, tout en réfléchissant : si je m'approchais des cannibales, est-ce qu'il ne vaudrait pas mieux prendre des précautions pour ne pas me faire remarquer ? Oui, mais lesquelles ?

Je venais de me glisser derrière un grand rocher gris quand je baissai les yeux et fis un bond gigantesque.

Au pied du rocher, il y avait de la fumée. Une imperceptible bouffée de fumée sombre.

Même un serpent n'aurait pas pu me faire aussi peur. Si je ne prenais pas garde aux fumerolles, dans l'espace de temps nécessaire pour que le volcan gronde dix fois, j'allais devenir une cannibale.

Quels étaient les premiers symptômes ? Apathie, indifférence… Bon, pour le moment je n'éprouvais rien de tel. Je me sentais surexcitée, chaque cellule de mon corps en éveil.

J'avançai encore, en me cachant derrière les rochers autant que possible : je devais désormais être très proche des tumulus. Et voici une autre bouffée de fumée sombre, qui provenait directement du terrain. J'étais en train de marcher sur les fumerolles du temps noir !

À ce moment-là, j'aperçus le premier monticule. Il était en terre battue et faisait au moins un mètre de haut. Je me demandai si la tanière creusée dessous était profonde ou non. Je me cachai derrière un rocher. Réfléchis, Giulia. Où pouvait être Arianna ? Et comment attirer son attention ?

C'est alors que je vis quelqu'un sortir des buissons et s'avancer vers la tanière.

C'était un homme entièrement nu mais complètement recouvert de boue sèche, y compris les cheveux.

Voilà donc à quoi ressemblaient les cannibales !

Il devait avoir à peu près trente ans, et il était entier : il ne me semblait pas qu'on lui ait mangé un morceau. Est-ce que la boue servait à décourager l'appétit de ses compagnons ? En revanche, il avait un air hébété, la lèvre pendante, les paupières mi-closes. Il ne soulevait ses bras que pour gratter la boue qui le recouvrait.

Il ramassa un caillou, le mordilla, le rejeta. Même manège peu après avec une branche cassée. QU'AVAIT-IL MANGÉ LA DERNIÈRE FOIS QU'IL AVAIT MANGÉ ?

Pendant que je l'observais, j'entendis le grondement. Il paraissait très lointain, mais je le reconnus immédiatement. Une légère vibration dans l'air accompagnée d'un son primitif. Pas de confusion possible.

Le cannibale le perçut, lui aussi. Il se redressa et lança une espèce de rugissement caverneux et prolongé, en se grattant furieusement. D'autres hululements lui répondirent, venant de toutes les directions : c'étaient les autres cannibales qui répondaient à l'appel du volcan comme une meute de loups.

L'homme regardait à présent autour de lui avec des yeux méchants, montrant ses dents jaunes. Il avait l'air d'un ogre à la recherche d'une proie. J'éprouvai ce que doit éprouver une gazelle quand elle aperçoit un lion : une panique paralysante. Mais cela ne dura que le temps d'un éclair. Juste au moment où mes forces étaient sur le point de m'abandonner et où je me sentais prête à m'effondrer par terre, l'homme cessa de hurler et relâcha la tension de ses muscles. Ses dents disparurent. Un voile opaque tomba sur ses yeux et les rendit vitreux. Ses épaules s'affaissèrent. Une transformation aussi soudaine qu'impressionnante.

Sans regarder autour de lui, il se baissa pour rentrer dans sa tanière et referma derrière lui la porte formée de ronces grossièrement tressées ensemble.

Et maintenant ? Sauter à l'intérieur, immobiliser le cannibale et l'obliger à avouer où était Arianna ? Je n'avais jamais vu faire ce genre de chose qu'au cinéma, et toujours par des acteurs au physique un peu différent du mien.

Je décidai de continuer l'inspection générale de ce lieu lugubre. Je levai les yeux au ciel et vis qu'il prenait des couleurs rosées. Le coucher de soleil était en train de commencer. Mais il allait mettre une éternité à se terminer. Je ne pouvais pas attendre la nuit qui, même avec son clair de lune incroyablement lumineux, aurait favorisé mes projets. Je devais agir immédiatement. Combien de temps avais-je à ma disposition ? Dix grondements. C'était à peu près le temps qu'il fallait à la fumée noire pour transformer un être humain en cannibale. Un grondement était déjà passé.

Je devais abandonner ma cachette, bouger. Mais je me sentais lourde. Je fis un effort pour me détacher du rocher, sans succès. J'avais envie de rester immobile, sans rien faire. J'avais envie de fermer les yeux. J'étais fatiguée.

À ce moment-là, j'entendis un nouveau son. Un son faible, mais familier, agréable.

Ce n'est que mon imagination, me dis-je.

Le son se répéta.

C'était un hennissement.

Ce n'était pas une hallucination !

Le cheval n'était pas loin.

Et non loin du cheval devait se trouver Arianna.

26 juillet

Chère Giulia,

Ça fait un certain temps que je ne t'ai écrit : toute mon énergie est concentrée sur le roman. De toute façon, tu liras mes lettres toutes ensemble, à ton retour.

Je m'amuse énormément avec l'épisode où tu vas sauver Arianna. J'ai l'impression d'être sur la vire avec toi.

Le mot « vire » est peut-être un peu difficile pour mes jeunes lecteurs ? Tant pis : ceux qui ne le connaissent pas pourront toujours aller le chercher dans le dictionnaire.

Il a plu pendant plusieurs jours, mais à présent le soleil est enfin revenu ; je suis en train de t'écrire assise sous les arbres, dans ma tenue bleu-violet qui me protège des taches de myrtille.

Ce bois est magnifique. J'ai envie de poser la main sur l'écorce d'un arbre. Voilà, je l'ai fait. Ma main n'est plus seulement main : elle est écorce et main. Je ressens la manière dont l'écorce capte la chaleur de ma paume. C'est fantastique.

Si quelqu'un m'avait vue, hier, il m'aurait prise pour une folle : je parlais avec une chèvre. À voix haute. Nous nous comprenions parfaitement. Et quand je vais courir, le matin, avant de me mettre à écrire, je m'identifie au vent.

Tout ce soleil me donne sommeil… Je bâille en écrivant…

Je me suis réveillée d'une humeur bizarre. De nouveau ce rêve ! Une maison pleine d'enfants malheureux et agressifs, et moi qui m'enfuis.

Dormir sous les arbres ne m'a pas fait du bien : j'ai un drôle de tic au cou. À moins que ce ne soit l'âge ?

Baisers,

S.

ARIANNA

Galvanisée par la présence du cheval, je combattis la fatigue qui me retenait collée à la pierre. Avec effort, je luttai contre moi-même jusqu'à ce que je réussisse à me redresser et à abandonner mon repaire.

Sur la pointe des pieds, je contournai le tumulus de terre où s'était réfugié le cannibale. Je le dépassai et pris la direction d'où j'avais entendu venir le hennissement, les sens bien en éveil. J'avais gagné la bataille contre le sommeil. Au moins pour l'instant.

Après un petit vallonnement, je vis les autres tanières. Elles avaient toutes plus ou moins la même forme que la première, et elles étaient éparpillées de manière désordonnée, comme si un géant s'était amusé à pétrir de petites boules de terre et à les disséminer ici et là, au hasard.

Personne en vue.

Je cherchai des yeux le cheval, mais je ne le vis pas. Qu'était-il devenu ? Et Arianna ? Où l'avaient-ils emmenée ? Avait-elle déjà été… Non ! Je ne pouvais absolument pas me permettre des pensées de ce genre.

Une femme aux longs cheveux sales sortit en rampant d'une tanière. Toute recouverte de boue sèche, elle ressemblait à un rongeur qui quittait son trou. Une fois dehors, elle se redressa, se gratta furieusement et se mit lentement en route vers un autre tumulus. Elle marchait pliée en avant. Il y avait quelque chose d'incongru dans sa silhouette, mais j'étais trop troublée pour comprendre de quoi il s'agissait.

Je m'aplatis contre un rocher, me faisant aussi petite que possible. J'essayais de comprendre l'intérêt de la boue. Pourquoi les cannibales prenaient-ils la peine de se recouvrir de boue si ensuite cela les démangeait ? Peut-être que l'explication à laquelle j'avais songé tout d'abord était la bonne : cela servait à décourager les voisins. Ou peut-être que c'était leur dernier atome de civilisation, le seul moyen de ne pas se promener entièrement nus.

La femme passa à moins de deux mètres de moi sans me voir. En regardant ses yeux, je compris que l'exposition prolongée à la fumée obscurcissait les facultés et assoupissait les sens. Seul le grondement du volcan – comme j'avais pu le constater – avait le pouvoir de les réveiller.

Que les cannibales soient abrutis la majeure partie du temps était plutôt une bonne nouvelle. La mauvaise nouvelle, en revanche, c'est que quand la femme était passée à côté de moi, j'avais compris la raison de son aspect incongru : il lui manquait la moitié du bras droit. Son bras gauche était normal (c'était avec celui-là qu'elle se grattait), mais le droit s'arrêtait au niveau du coude. Avant de réussir à détacher mon regard d'elle, je l'avais entrevue porter son moignon à la bouche. Je détournai les yeux et ravalai une nausée en me demandant combien de temps il lui faudrait pour le grignoter tout entier.

Je demeurai encore quelque temps contre le rocher, en attendant qu'elle s'éloigne. Je ne sentais plus l'un de mes pieds ; je jetai un coup d'œil, et faillis pousser un hurlement.

Mon pied avait disparu !

Là où j'aurais dû voir mon pied, sortait du terrain une vapeur, un nuage noir qui stagnait sur le sol, assez sombre et dense pour avaler quoi que ce soit. Je retirai ma jambe d'un bond et je courus plus loin en me demandant quelle quantité de cette saleté était déjà entrée dans mes poumons. Je remuai le pied jusqu'à ce que le sang recommence à y circuler, puis je regardai autour de moi. Je ne savais pas quelle direction prendre. Et l'envie de m'allonger juste là où j'étais et d'arrêter de réfléchir était devenue irrésistible. Pour lutter, je me mordis l'intérieur des joues, je clignai plusieurs fois des yeux… et je l'entendis à nouveau.

Le hennissement.

Il était très faible. Est-ce que le cheval était lui aussi en proie au même épuisement que les humains ?

Giulia ! Arrête de tergiverser ! Agis !

Pour me réveiller complètement, je repensai à Arianna. Je la revis comme elle était dans la mine, à côté du bébé chauve-souris, délicate et éthérée telle une princesse. J'étais la seule à pouvoir la sauver. « Arianna, murmurai-je, j'arrive ! »

Je décidai de ne pas trop m'inquiéter des cannibales : de toute façon ils étaient complètement abrutis. Et si je ne me remuais pas, je n'allais pas tarder à leur ressembler. Je supposais que l'on passait par plusieurs stades avant de devenir un vrai cannibale. Je devais déjà avoir dépassé le premier.

Je me dirigeai vers le son que j'avais entendu, en boitant un peu : j'avais encore des fourmis dans le pied qui avait été immergé dans la fumée.

Pour me rendre là-bas, je devais traverser toute la zone des tumulus. Les cannibales étaient abrutis, certes, mais ils n'étaient quand même pas aveugles, et les rochers pouvant me servir de cachette se faisaient de plus en plus rares. Si seulement j'avais pu devenir invisible !

« Si tu ne peux pas devenir invisible, Giulia, tu peux te déguiser. Le mimétisme, tu sais ce que c'est ? »

C'était ma petite voix intérieure. De temps en temps, elle a une trouvaille géniale de ce genre.

À toute vitesse, je me déshabillai entièrement, fourrai mes vêtements dans un coin, chaussures comprises, me penchai pour ramasser de la terre et me frottai avec. Cette espèce d'argile sombre collait très bien. Puis je passai mes mains dans mes cheveux, les recouvrant de boue ; enfin, je me courbai en avant, dans une version féminine de Quasimodo le bossu.

Aucun miroir dans les environs. Quel dommage !

Je me mis en route dans la direction voulue à petits pas vacillants, comme j'avais vu les deux cannibales le faire. J'essayais d'éviter les fumerolles et de passer loin des tumulus.

Dans le ciel il y eut comme un tremblement, et un autre grondement se fit entendre. Oh non ! pensai-je. Pas aussi proches ! C'était déjà le deuxième. Je cherchai à me souvenir : est-ce qu'il y en avait souvent d'aussi rapprochés ? Ou bien était-ce moi qui avais complètement perdu la notion du temps ? Calculer le temps qui passait en comptant les grondements du cratère était un système un peu vague, mais c'était le seul que j'avais à ma disposition.

Le grondement continua, déclenchant des cris furieux et des hululements lugubres.

J'écoutai, immobile, glacée. Du coin de l'œil, il me sembla percevoir un mouvement sur ma gauche.

Ne te tourne pas, ne te mets pas à courir, Giulia ! N'oublie pas que maintenant, tu ressembles à une cannibale. Du calme. Personne ne te suit. Et puis, tant qu'ils se contentent de hurler, tout va bien. Ce ne sont que d'affreux bonshommes qui cherchent à s'allier aux forces souterraines du volcan.

Si j'avais voulu faire les choses vraiment bien, j'aurais dû me mettre à hululer, moi aussi. Je ne le fis pas. Je me contentai de me gratter comme si j'avais eu des puces. Le grondement cessa enfin.

Les hurlements se firent de moins en moins rageurs, avant de s'éteindre complètement. Le calme revint.

Je respirai le silence comme si ç'avait été du nectar, et je repartis.

Quelques pas plus loin, je vis enfin le cheval. Il était attaché à un tronc d'arbre mort, à côté d'une tanière. Par précaution, je décidai de ne pas m'approcher de lui, au cas où il se mettrait à hennir plus fort en me voyant arriver, attirant ainsi l'attention des cannibales.

La tanière ressemblait à toutes les autres, à part le gros tas de pierres qui bouchait la porte. Ce tumulus n'avait pratiquement pas d'entrée. Comme une tombe !

Je m'approchai, toujours bossue, jetai quelques coups d'œil furtifs autour de moi, et collai mon oreille contre la terre pressée. Aucun bruit. Rien.

Est-ce qu'Arianna était enfermée là-dessous ?

Je regardai à nouveau autour de moi. Si c'était vraiment la prison d'Arianna, pourquoi n'y avait-il aucune sentinelle ?

Quoi qu'il en soit, je devais agir tout de suite. Je ne pouvais pas rester éternellement là, à découvert.

Je me mis à ôter les pierres qui obstruaient l'entrée. Je travaillais vite, car je me sentais particulièrement vulnérable : si quelqu'un était passé par là à ce moment-là, aussi abruti qu'il fût, il aurait compris que je n'étais pas une petite fille cannibale jouant à se construire une cabane.

Le cheval hennit de nouveau. Aïe ! Mais j'avais eu le temps de faire rouler jusqu'à la dernière pierre. C'est alors que j'eus l'une de ces sympathiques idées-cadeaux qui me tombent dessus dans les moments les plus cruciaux.

Et si dans la tanière il n'y avait pas Arianna, mais un cannibale faisant sa sieste ? Ou pire encore, un cannibale affamé ?

Je passai ma tête par l'ouverture, prête à la retirer précipitamment si quelqu'un essayait de m'attaquer. L'intérieur était sombre et sentait la terre. Mes yeux étaient encore habitués à la lumière du soleil, et je n'arrivais pas à distinguer quoi que ce soit. Pendant que j'hésitais, un bruit de pas au-dehors me fit plonger dans l'abri. Je m'empressai d'essayer de remettre quelques-unes des pierres en place, mais entre-temps les pas s'étaient déjà éloignés.

Je me retournai. Cette espèce de tombe était plus grande

que l'on n'aurait pu le supposer vu de l'extérieur, car elle était creusée un bon mètre sous la terre. Au premier abord, elle me parut vide, tant le silence y régnait. Puis je distinguai une vague forme étalée sur le sol dans un coin. On aurait dit un tas de chiffons. Ce fut mon nez qui me rassura, qui me dit qu'il s'agissait bien d'Arianna : mêlé à l'odeur de la terre humide me parvenait le parfum *Eau de Mademoiselle*.

La petite forme recroquevillée et immobile ne faisait pas le moindre bruit ; on n'entendait même pas une respiration. Est-ce qu'elle était encore vivante ?

L'instant qu'il me fallut pour la rejoindre et la toucher me parut le moment le plus terrible de toute ma vie. Quand ma main fut posée sur son cou et que mes doigts purent percevoir les palpitations légères de sa peau tiède, je poussai un énorme soupir de soulagement.

« Arianna », murmurai-je.

Elle ne bougea pas.

« Qu'est-ce qu'ils t'ont fait, Arianna ? Réveille-toi ! »

Je soulevai sa tête et la secouai, d'abord doucement, puis avec des saccades qui auraient fait sauter les dents d'une bouche moins saine que la sienne.

Arianna poussa un pépiement plaintif.

« Allez, s'il te plaît ! »

Il faisait tellement sombre, là-dedans, que je ne pouvais pas la voir. Je lui tâtai le visage.

« Aaargh ! » fit une voix rauque.

Je retirai mon doigt qui avait rencontré quelque chose de mou.

« Oups, je t'ai mis le doigt dans l'œil ! Désolée ! »

Elle se mit à bredouiller.

« Tu dois te réveiller ! Fais un effort ! »

Je l'aidai à s'asseoir. Je n'arrivais pas à la voir, donc je la traînai auprès de l'entrée, de manière que les quelques rayons de lumière qui passaient à travers le tas de pierres tombent sur son visage.

Elle souriait, mais d'un sourire qui ne me plut pas. Qui ne me plut pas du tout. Cela ressemblait terriblement au sourire d'un… zombi !

« Arianna, nous devons nous enfuir ! » l'implorai-je en la secouant à nouveau. « Réveille-toi ! » Pendant ce temps-là, je vérifiais : les doigts, les mains, les pieds… Il ne lui manquait rien.

« Aaargh ! Floc.

– Arrête de bredouiller ! Nous sommes en danger ! »

Arianna me regardait toujours avec son horrible sourire hébété, les yeux ronds comme des billes.

« Est-ce que tu te souviens comment tu es arrivée ici ?

– Grrr. Ploc.

– Oh, fais un effort, s'il te plaît ! »

Je la secouai à nouveau. Elle était molle comme de la gélatine.

« Allez, Arianna !

– Gloc. »

J'avais l'impression de tenir une marionnette entre mes mains. Je devais la réveiller. Je ne pouvais pas m'enfuir en portant Arianna sur mes épaules sur la vire : même Énée avec son père sur le dos n'aurait pas réussi à s'enfuir de Troie en flammes s'il avait dû emprunter un passage comme celui-là.

« Arianna, réveille-toi. Quelqu'un pourrait venir. Tu sais ce qu'ils te feraient ? » Ou plutôt, ce qu'ils nous feraient, pensai-je, horrifiée. Maintenant, moi aussi je pouvais être considérée comme du gibier dans un garde-manger.

« Nous devons sortir de là. Tu te sens capable de marcher toute seule ?

– Sloc ! Blup. Aaargh ! »

Je pris peur. Ses traits se contorsionnaient de manière très désagréable à voir. Elle grinçait des dents. Mais ses yeux continuaient à être vides.

J'avais envie de pleurer.

Qu'est-ce que je pouvais faire ? Lui donner des gifles ? La pincer de toutes mes forces ? J'eus soudain une meilleure idée.

« Arianna, déclarai-je du ton le plus vibrant que je pus prendre, ton cheval est en danger. Il est attaché, là, dehors, et il est sur le point d'être mangé ! Il faut le sauver ! »

Comme s'il avait entendu que nous parlions de lui, le cheval hennit juste à ce moment précis. Arianna écarquilla les yeux et son sourire de zombi fut remplacé par une expression féroce.

« QUI VEUT MANGER MON CHEVAL ? hurla-t-elle d'une voix rauque.

– Chut ! Moins fort. Ils pourraient nous entendre ! » Mon soulagement était immense. Je me promis encore une fois que, si nous sortions de ce cauchemar, j'offrirais dix, non cent morceaux de sucre à cet animal béni.

Mais les yeux d'Arianna s'étaient à nouveau voilés, et elle reprit ses « aaargh ».

Je ne la quittais pas des yeux. Je détestais la voir dans cet état. Maintenant, je savais qu'il me faudrait agir seule, sans sa collaboration. Première chose à faire : l'obliger à sortir de là. Mais comment ?

J'aurais voulu avoir le bandeau rouge de Daniel pour penser plus clairement. À la place, je devais me contenter de mes coups de génie sporadiques pour trouver une solution à cette situation désespérée.

Logique. Il me fallait de la logique. Avec la logique, on arrive à tout. Je me mis donc à raisonner de la manière la plus logique possible.

Le marais, qui devait faire trente ou quarante centimètres de profondeur, ne cachait peut-être pas de sables mouvants. Après tout, Arianna l'avait bien traversé. Elle ne pouvait pas être passée autrement qu'à gué avec le cheval. Par conséquent, même si les sables mouvants existaient, on pouvait les éviter d'une manière ou d'une autre. La vire était tout à fait hors de question, de toute façon. Il me fallait donc hisser Arianna sur le cheval, puis me diriger vers l'eau. C'était la seule chose à faire.

Juste au moment où je me sentais fière de moi d'avoir défini si promptement un plan d'action, le volcan se remit à gronder. Un *brraaaoum* sourd qu'il me semblait percevoir plus avec mes viscères qu'avec mes oreilles.

« Un autre ! » gémis-je, reconnaissant également les hululements qui suivirent. Ils venaient d'en haut, atténués par la terre qui nous recouvrait.

« AAARGH ! UUUHHH ! »

Ça, c'était Arianna.

Je me tournai vers elle. Son visage était horriblement contracté. Je cherchai à attirer son attention : « Ariann... »

La douleur fut terrible.

« Aaargh ! »

Cette fois-ci, c'était moi qui hurlais.

Arianna avait serré ses dents sur la chair tendre de l'intérieur de mon avant-bras, et elle ne lâchait pas prise. Sa bouche s'était refermée comme un piège. Je retins un deuxième hurlement et la repoussai en la tirant de toutes mes forces par les cheveux, jusqu'à ce qu'elle ouvre la mâchoire. Nous continuâmes à lutter : moi pour la retenir, elle pour me mordre.

Nous étions tellement emmêlées que je ne pouvais pas voir son visage, mais j'aimais autant ça. Pendant une seconde, j'avais croisé ses yeux, petits, féroces, voraces. Je n'aurais pas supporté de les voir une seconde fois.

Nous luttions encore quand le grondement cessa. D'un seul coup, Arianna s'avachit sur moi. Elle était redevenue zombi.

Je la repoussai pour examiner mon bras. Une douleur lancinante irradiait de la morsure. Je saignais. Incrédule, j'observai Arianna, haletant encore après cette bagarre de forcenées. Son visage ne portait aucune expression. Elle paraissait à moitié évanouie : yeux mi-clos, teint blême, mâchoire entrouverte.

Est-ce qu'elle avait vraiment voulu me dévorer vive ? Ou bien est-ce qu'elle avait été effrayée par les hululements ? Oui, ça devait être ça, elle avait eu peur et elle avait perdu la tête. Arianna, mon amie Arianna, végétarienne depuis toujours, ne pouvait pas être devenue une cannibale.

« Blop. »

Elle fit un rot. Puis elle reprit son sourire d'invertébrée. Ses yeux étaient vitreux.

Je devais l'emmener immédiatement. Il n'y avait plus de temps à consacrer ni à la logique, ni à quoi que ce soit d'autre.

LA SPIRALE

Avant tout, je devais me prémunir contre les attaques possibles d'Arianna. Pour l'instant, ce n'était qu'une chiffe molle, mais à la première manifestation du volcan, elle pouvait se transformer à nouveau en furie. Sérieux ennuis en perspective.

Je devais donc l'attacher. Avec quoi ? Je n'avais sur moi que de la boue séchée. En revanche, Arianna portait encore sa grande tunique grise. Je profitai de sa passivité pour en arracher un morceau avec les dents.

« Vlop.

– Du calme, du calme… »

Je lui pris doucement les mains et les lui liai derrière le dos. Ça me faisait mal au cœur de la traiter ainsi, mais je n'avais pas le choix.

Ah, et puis il ne fallait pas oublier…

J'arrachai un autre bout du vêtement, et je la bâillonnai. Pendant que je faisais cela, les yeux d'Arianna se relevèrent ; l'espace d'un instant, elle sembla me lancer un regard interrogatif, puis ses yeux redevinrent vides et inexpressifs.

« Je suis désolée. » Je me sentais très mal à l'aise.

« Lop », fit-elle sous son bâillon.

J'utilisai encore un lambeau d'étoffe pour panser mon bras à l'endroit de la morsure.

Il s'agissait maintenant de sortir et de détacher le cheval. Je laissai Arianna là où elle était et rampai à l'extérieur. Je n'ai pas la moindre idée de ce que j'aurais fait si un cannibale avait pointé son nez à ce moment-là.

Le cheval était debout, mais cela ne voulait rien dire : Arianna m'avait appris que ces animaux dorment aussi debout. Je détachai la corde du tronc, sans cesser de surveiller autour de moi. Quand le cheval fut libre, je me rendis compte qu'il était, lui aussi, complètement abruti. Il ne réagissait pas. Il restait là, sans bouger, le museau penché vers le sol. J'essayai de tirer sur la corde : il fit un pas. J'estimai que c'était bon signe.

Je le laissai là et retournai dans la tanière. Arianna n'avait pas bougé d'un millimètre. Je me penchai sur elle et la pris doucement par le bras, la forçant à se lever. Elle me suivit docilement.

Jusque-là, tout allait bien.

Il s'agissait à présent de la faire monter sur le cheval. Je ne savais pas si j'allais y arriver, mais j'avais décidé de m'occuper des problèmes un par un, au moment où ils surgissaient, et pas avant. C'est la technique des désespérés.

Je conduisis Arianna jusqu'au cheval. « Je t'en prie, Arianna, tu dois monter dessus. »

Mais comment aurait-elle pu ? Elle avait les mains liées derrière le dos ! Et elle était bien trop lourde pour que je puisse la hisser comme un paquet.

Je perdis de précieuses minutes à lui détacher à nouveau les mains, de manière qu'elle puisse monter. Je n'arrêtais pas de regarder autour de moi et de prier pour que personne ne fasse son apparition.

Une fois le nœud détaché, les bras d'Arianna retombèrent comme des poids morts. Je la rapprochai du cheval, lui pris une main et la posai sur le flanc de l'animal, dans l'espoir que ce contact lui fasse du bien.

« Monte, Arianna, je t'en supplie ! l'implorai-je, nerveuse.

– Flop, fit le bâillon.

– Monte ! » lui ordonnai-je avec plus de force.

Et Arianna monta. Elle le fit lentement, avec un effort visible, mais elle monta !

Quand elle fut dessus, elle se pencha en avant et toucha la crinière de l'animal. Le cheval émit un drôle de son. Ce n'était pas vraiment un hennissement, plutôt un soupir, mais il était clair qu'il acceptait la situation.

Maintenant, je devais passer à une autre phase de l'opération : monter en croupe, moi aussi. Mais il valait peut-être mieux que nous nous éloignions d'abord tous les trois de la tanière. Je venais d'attraper la corde qui était attachée au cou de l'animal quand je sentis quelque chose me heurter dans le dos.

Je me retournai et me retrouvai à quelques centimètres d'un visage noir de terre.

Deux yeux vitreux me fixaient, et deux lèvres ouvertes laissaient s'échapper des glapissements de faim. Il n'y avait aucune méchanceté dans ce visage, seulement une expression obtuse, vorace, animale. D'après sa taille, je supposai qu'il s'agissait d'un garçon à peu près du même âge que moi.

« Va-t'en ! » hurlai-je, espérant à moitié une obéissance absurde. Mais il m'attrapa par le bras.

Tout ce qui se passa ensuite arriva en une seconde. Quand j'essaie de me rappeler cette scène, de la revoir, je n'y arrive pas très bien. Ce fut tellement rapide…

Donc : quand il attrapa mon bras, j'avais le visage près du sien, la bouche à quelques centimètres du lobe sale de son oreille.

Je le mordis.

Avant qu'il ne me morde, lui.

Avec un jappement, le cannibale se détacha de moi. Il porta une main à sa tête, mais il n'avait pas l'air d'avoir mal. Je ne lui avais pas arraché l'oreille, mais enfin, vu la quantité de sang qui coulait sur la couche de boue, je me serais attendue à des hurlements de douleur. Alors qu'il se contentait de me regarder, en se grattant la gorge.

Pourquoi avais-je eu tellement mal quand Arianna m'avait mordue, alors que lui ne sentait rien ? Je me rappelai que la fumée rendait insensible à la douleur, puisque les cannibales en arrivent à se manger eux-mêmes. Pour la première fois de ma vie, je fus contente d'être capable de souffrir.

Assez avec les réflexions ! Je devais me dépêcher et partir avant que le cannibale ne se reprenne !

Arianna était en train de caresser lentement la crinière du cheval, se désintéressant de toute cette affaire. Essayant d'ignorer le goût bizarre que j'avais dans la bouche, je me jetai sur l'animal, et, m'agrippant à la jambe d'Arianna, je me hissai derrière elle. Je réussis du premier coup. Puis je me penchai en avant, touchai le cou du cheval, pressai les genoux, fis tout ce que j'avais vu faire dans les films de cow-boys.

Cela fonctionna. Au ralenti, mais cela fonctionna.

Le cheval se mit en route. Derrière nous, le cannibale oscillait sur ses jambes. S'il avait voulu nous courir après, il aurait pu nous rejoindre en un clin d'œil : notre monture marchait très lentement, comme dans un demi-sommeil. Mais il se contentait de se gratter la tête, avec son oreille qui gouttait de sang.

Je me demandai pourquoi il ne nous poursuivait pas. Entre ma tenue et ma morsure, il devait m'avoir prise pour une cannibale ; peut-être avaient-ils entre eux une loi mystérieuse, du genre le premier qui mord est celui qui mange. L'adversaire doit se contenter du rôle de repas. Comme dans un jeu, pas moyen d'inverser les rôles jusqu'au prochain lancer de dés. En tout cas, c'était ce que j'espérais.

Je dirigeai le cheval vers le marais. Il s'agissait maintenant de sortir du camp sans se faire remarquer. Je priais pour qu'Oreille Mordue ne donne pas l'alarme. Je priais pour que le volcan ne se mette pas à gronder. Je priais pour qu'Arianna ne se retourne pas contre moi. Je priais pour que le cheval continue à avancer. Je priais pour qu'il n'y ait pas de sables mouvants dans le marais. Toutes ces prières m'aidaient à oublier un peu ma peur.

Je surveillais les tumulus. Aucun mouvement. Peut-être que c'est l'heure de la sieste, me dis-je avec espoir.

De plus, j'avais l'impression qu'Arianna s'était un tout petit peu reprise : son dos était plus droit qu'auparavant, et il me semblait qu'elle tenait la crinière de manière à pouvoir diriger le cheval.

« Attention », soufflai-je en voyant de la fumée noire sortir du terrain juste devant nous. « Ne marchons pas là-dessus. »

Je ne sais pas si ce fut moi ou Arianna qui fit en sorte que l'animal évite la fumerolle. Mais quelques mètres plus loin, nous en rencontrâmes d'autres. Nous avions encore ralenti : le cheval avait l'air ivre. J'étais moi-même ensommeillée : l'adrénaline qui circulait dans mon sang n'était pas suffisante pour combattre la torpeur qui était en train de m'envahir.

Il y avait trop de fumerolles. Il fallait que nous réussissions à nous soustraire à cette atmosphère empoisonnée avant que le temps noir ait sucé nos énergies jusqu'à la dernière goutte.

À trois mètres de la rive du marais, je me retournai et aperçus un cannibale qui sortait de sa tanière. C'était un adulte. Il nous vit.

« Aaargh ! » croassa-t-il en tendant le bras dans notre direction.

Sans que j'aie besoin de le lui demander, Arianna incita l'animal à aller plus vite. Donc elle comprenait encore quelque chose ! Le cheval fit un écart qui faillit me jeter à terre ; heureusement j'avais les bras bien accrochés autour de la taille d'Arianna.

Le cannibale commença à hurler avec des sons gutturaux. Je me retournai à nouveau et vis deux autres cannibales sortir des tumulus.

Quand les sabots du cheval s'enfoncèrent dans le mélange d'argile et de sel près de la rive, les hurlements redoublèrent. D'autres cannibales avaient dû être avertis que leur gibier était en train de s'échapper.

Nous entrâmes dans l'eau.

Une odeur nauséabonde me pénétra dans les narines. Je pensai aux sables mouvants. Il n'y avait pas moyen de savoir où ils étaient. Ici et là, je voyais de l'écume, des bulles qui, au lieu d'être cristallisées, éclataient à la surface, immédiatement remplacées par d'autres.

Je me retournai. Les cannibales s'étaient rassemblés sur la rive, gesticulant et poussant des grognements de déception. Certains tendaient les bras dans notre direction, mais lourdement.

Je recommençai à regarder devant, pour faire attention aux bulles, à la couleur de l'eau, à tout ce qui pouvait être un signe que le terrain n'était pas sûr. Maintenant que l'eau lui arrivait jusqu'aux jarrets, le cheval allait encore plus lentement. Je priai pour que le marais ne devienne pas plus profond.

À ce moment-là, je crus apercevoir un étrange tourbillon dans l'eau.

« Arrête ! » criai-je.

Peut-être qu'Arianna comprit, parce que nous nous arrêtâmes. Devant nous, sur la surface huileuse, il y avait un endroit où l'eau n'était pas recouverte par la croûte de sel et où se formait une spirale. Il n'y avait pas de bulles, seulement cette spirale qui tournait très lentement sur elle-même. C'était beau, d'une beauté hypnotique.

Nous contournâmes la spirale par la droite. Je ne parvenais pas à détacher les yeux de ce tourbillon qui n'en était pas vraiment un : un tourbillon, c'est quelque chose de très rapide, alors que cette eau tournait sur elle-même avec torpeur, comme mue par une volonté inexorable.

Derrière nous, les cannibales continuaient à faire du bruit. Je jetai un rapide coup d'œil et me figeai, épouvantée.

L'un d'eux, un homme grand et fort, avait pénétré dans l'eau et avançait vers nous, silencieux et farouche.

Et nous qui étions si lents !

Je regardai Arianna. « Ils nous suivent… qu'est-ce qu'il faut faire ? »

Arianna gémit.

Un gargouillement et de nouveaux hululements me firent me retourner à nouveau.

L'homme qui était entré dans le marais était en train d'agiter les bras, une dizaine de mètres derrière nous. Une minute plus tôt, l'eau lui arrivait aux genoux. Elle montait désormais jusqu'à sa taille.

J'étais horrifiée. N'étions-nous pas nous-mêmes passées par cet endroit-là ? Non ! C'était en ce point précis que j'avais vu la spirale !

Le cannibale continuait à agiter les bras. Ses compagnons l'observaient. Ils ne bougeaient pas. Je compris qu'aucun d'entre eux n'était capable de prendre l'initiative d'aller l'aider.

« Gloc », fit Arianna sous son bâillon.

Je savais ce qu'elle voulait. C'était comme si elle m'avait dit clairement : « Nous devons le sortir de là. »

« Quoi ? S'il nous attrape, ce type va nous dévorer ! Toi, moi, et notre cheval !

– Blup. Sob. Gloff.

– Si nous allons là-bas, nous mourrons, nous aussi, insistai-je.

– Clip.

– Non, je t'en prie ! »

Mais Arianna était déjà en train de faire faire demi-tour au cheval. Je la laissai faire.

Nous nous dirigeâmes vers l'homme avec la lenteur impassible que nous imposait l'animal. Le cannibale avait désormais de l'eau jusqu'aux épaules. Il avait les bras en l'air, comme quelqu'un qui se rend.

Nous étions à trois mètres de lui. Je ne voyais plus la spirale. Tout était immobile et blanc. Je sentais obscurément que la spirale travaillait en dessous, comme une chose vivante, lente, implacable.

Je pleurais.

L'eau lui arriva au cou. Il avait baissé les bras : on ne voyait plus que sa tête. Le sel s'était refermé autour de sa gorge.

Cette tête posée sur la surface blanche ! Elle nous fixait de ses yeux vitreux, comme si elle ne nous voyait pas, sans terreur, avec un calme obtus. Peut-être y avait-il également un peu de stupeur, un vague étonnement pour ce qui était en train de lui arriver.

Le cheval, méfiant à l'égard de cette tête dépassant de la surface salée, s'arrêta d'un coup et refusa de faire un pas de plus.

Sur la rive, les cannibales avaient interrompu leurs hurlements désarticulés. Ils regardaient, immobiles comme des statues.

L'eau monta jusqu'au menton, puis jusqu'à la bouche.

Je mis les mains sur les yeux d'Arianna et je fermai les miens. J'aurais voulu avoir d'autres mains pour pouvoir me boucher les oreilles et ne pas entendre le léger gargouillement liquide de l'eau aspirant sa proie.

Combien de temps restâmes-nous ainsi ? J'eus l'impression que cela durait une éternité. Aucun de nous ne bougeait, ni le cheval, ni Arianna, ni moi. Même pas un frémissement. Nous étions pétrifiées. Sous mes doigts, les paupières d'Arianna étaient humides. Des larmes ? Si elle pleurait, cela voulait dire qu'elle n'était pas encore une véritable cannibale !

Quand je finis par laisser retomber mes mains et par ouvrir les yeux, il n'y avait plus rien. Ni sur le marais, ni sur la rive. Les cannibales étaient retournés dans leurs tanières.

La spirale atteignit à nouveau la surface, écartant la croûte de sel, et recommença son lent tournoiement. Je détournai le regard.

Même si je n'étais pas sûre qu'Arianna comprenait, je tentai de la réconforter.

« Peut-être qu'être aspiré sous le marais revient à tomber dans la crevasse. Peut-être qu'il est retourné sur la terre.

– Squak.

– Il faut que nous partions », repris-je doucement. « Nous devons éviter les zones où l'eau est un peu plus sombre et où il y a une spirale, comme… comme… »

Sans regarder l'endroit où le cannibale avait disparu, je me penchai pour faire pivoter le cheval qui obéit docilement.

Nous traversâmes tout le marais en silence, lentement, le cœur lourd. Mais nous ne vîmes plus aucune spirale.

Quand nous fûmes de l'autre côté, sur le terrain solide, loin de l'eau salée, je me mis à trembler. Après coup, le poids de tout ce que j'avais vécu m'écrasait.

Je descendis du cheval, ou plutôt en tombai, tellement j'étais épuisée.

« Arianna ! Giulia ! »

La voix venait de loin, mais je la reconnus immédiatement. C'était Daniel. Il nous cherchait.

« Il me faut quelque chose pour me couvrir », dis-je en regardant autour de moi frénétiquement. Daniel allait nous rejoindre très vite. Et j'étais toute nue !

Arianna portait encore sa tunique déchirée. Je trouvai à peine la force de la tirer par un bras pour la faire descendre de cheval. Elle obéit. En essayant d'ignorer ses yeux vides, j'expliquai :

« J'ai besoin de ta tunique. De toute façon, en dessous, tu as ton débardeur et ton fuseau.

– Ploc.

– Merci. »

Je lui ôtai rapidement la tunique encore imprégnée du parfum *Eau de Mademoiselle*. Elle m'arrivait à mi-cuisses.

Je caressai les cheveux d'Arianna. « Excuse-moi de ne pas t'enlever ton bâillon. »

Elle ne réagit pas.

« Daniel ! criai-je. Nous sommes ici ! »

6 août

Giulia chérie,

Pas de lettres ces derniers jours : j'étais trop occupée à travailler d'arrache-pied sur les pages concernant les cannibales. Je voulais que ces gais lurons inspirent à la fois l'horreur et la pitié : après tout, avant de respirer le « temps noir », c'étaient des gens comme tout le monde, tu avais bien insisté là-dessus.

La spirale : j'ai écrit le chapitre entier dans un état hypnotique.

Tu aimes l'énergie et le courage que je t'attribue ? Peut-être que j'ai un peu exagéré, mais quand tu m'as raconté cet épisode, tu étais dans un tel état d'exaltation !

Porte-toi bien.

S.

L'ESPOIR

Je fis le voyage du retour comme dans un rêve. Daniel menait le cheval en le tirant par la corde. Arianna et moi étions assises sur la monture.

En deux phrases hachées, je lui avais expliqué pourquoi Arianna était bâillonnée et à quel point elle pouvait être dangereuse quand le volcan grondait. L'énergie m'avait manqué pour en dire plus.

« Je m'en charge », m'avait-il répondu en revenant de sa stupeur. « Monte sur le cheval. Tu ne tiens pas debout. Tu as une tête à faire peur. »

J'avais acquiescé. Je n'avais qu'une hâte, parvenir au camp pour pouvoir me laver de toute cette boue et dormir pendant trois siècles.

Quand nous arrivâmes, j'étais tellement à bout de forces que je remarquai à peine l'agitation qui régnait dans le camp. Les enfants savaient désormais quels dangers les guettaient derrière le marais. Tandis que j'étais aux prises avec les cannibales, le professeur était parti en bateau avec le navigateur solitaire pour inspecter l'archipel. Pendant ce temps, deux équipes dirigées par Walter et Bruno avaient fouillé chaque recoin de l'île pour s'assurer que de nouvelles fumerolles n'étaient pas apparues. Les nouvelles étaient bonnes : ils n'en avaient pas trouvé une seule. Mais nous devions continuer à contrôler l'île jour après jour.

Au camp, Arianna descendit du cheval et nous suivit docilement, Daniel et moi. Notre cabane était exactement comme avant, mais j'avais l'impression qu'un siècle avait passé depuis la dernière fois que j'y étais entrée. Je me jetai sur le matelas, toujours couverte de boue, en sachant que Daniel allait veiller sur nous. Je m'endormis au moment même où je posais la tête sur l'oreiller.

Quand je me réveillai, Daniel était assis sur la chaise longue. Arianna était recroquevillée sur son lit, libre.

« Tu lui as enlevé son bâillon ? demandai-je effrayée.

– Elle dort. »

Je regardai Arianna. Endormie, sans bâillon, elle aurait eu l'air normale si elle n'avait pas été trop sale et trop décoiffée pour ses standards.

« J'ai faim, réclamai-je.

– J'ai envoyé Bruno chercher de la nourriture pour vous deux. Un bon moyen de l'occuper. » Dans les yeux de Daniel, on pouvait lire plusieurs sentiments : inquiétude, tendresse, décision…

« Il l'a vue ?

– Oui. C'est lui qui lui a arraché son bâillon.

– Il ne sait pas de quoi elle est capable », dis-je en montrant mon bras à Daniel.

Je retirai le bandage, mais on ne voyait pas grand-chose :

la morsure était cachée sous la croûte de boue. Je soupirai. « Je vais aller me laver. »

Quand je revins à la cabane, propre et habillée, après m'être désinfecté le bras avec du whisky, j'y trouvai Bruno.

« Où est Daniel ? » demandai-je en lançant un coup d'œil vers le lit. Je sursautai. Arianna était assise en tailleur, occupée à se sustenter.

Elle était en train de manger un poulet rôti entier.

« Qu'est-ce que…

– Salut, Giulia. Il y a de la nourriture pour toi aussi, dit Bruno avec un sourire forcé, en montrant le tas de bonnes choses qu'il avait apportées.

– Blop », fit Arianna.

Elle tenait le poulet entier dans les mains et elle y mordait avec sauvagerie. Elle mâchait en grognant. Ses yeux n'exprimaient aucune émotion. Elle n'avait plus rien d'une végétarienne.

« Où est Daniel ?

– Il a dit qu'il avait une idée et qu'il revenait tout de suite. »

Je m'assis pour manger. J'avais faim. En mâchonnant un sandwich, j'observai Arianna, inquiète. Qu'allait-on faire d'elle ? Allait-elle rester comme cela pour toujours ?

« Elle redeviendra normale », me rassura Bruno comme s'il avait lu dans mes pensées. « Le cheval va déjà bien. Il est un peu sonné, mais c'est tout. Il a mangé tout le foin que je lui ai donné. »

Je ne dis pas qu'à mon avis, la fumée empoisonnée n'avait pas sur les animaux le même effet que sur les humains. Le cheval n'avait jamais perdu la tête pendant les explosions du volcan. Arianna, si.

Un par un, les enfants commencèrent à s'approcher de la cabane pour voir Arianna. De toute évidence, la rumeur avait circulé : Arianna la cannibale était de retour. Approchez, approchez ! Venez voir le phénomène ! Venez voir la cannibale en train de dévorer son repas !

C'était insupportable. Mouche entra, alla s'accroupir devant Arianna, et lui agita une main devant les yeux : « Ouh ! ouh ! »

Arianna continua à manger comme si de rien n'était. « Gluc », éructa-t-elle. « Slac. »

« Gluc. Slac », répéta Mouche, enchantée.

Bruno la prit par une épaule et la jeta dehors. Mais déjà, d'autres curieux s'approchaient.

« Chasse-les ! » suppliai-je.

Bruno ferma la porte. Les enfants se mirent aux fenêtres ; nous tirâmes les rideaux.

Et Daniel qui ne revenait pas. Il avait promis de veiller sur nous !

Arianna avait nettoyé les os du poulet. Elle écarta une pomme que Bruno lui offrait et saisit une saucisse.

« Aaargh ! »

Le grondement du volcan et le cri d'Arianna se fondirent en un unique son glaçant.

« Retiens-la ! » criai-je.

Bruno fut rapide comme l'éclair. Il attrapa Arianna par les bras et les maintint fermement derrière son dos, pendant que je cherchais quelque chose pour la bâillonner.

Au moment où le grondement s'évanouissait et où Arianna se laissait retomber sans force contre Bruno, quelqu'un frappa à la porte.

« Ouvre, ce doit être Daniel ! » dit Bruno qui s'était assis sur le lit avec la tête d'Arianna sur les genoux. Il la contemplait, bouleversé par ce visage exsangue aux yeux mi-clos.

Je laissai tomber le foulard que j'avais trouvé et me précipitai vers la porte. Daniel entra, les bras pleins de sachets colorés.

« Nous allons essayer ça », dit-il en les jetant sur le matelas. « J'ai ramassé tout ce que j'ai pu trouver : confiance, espoir, courage, tout. » Il regarda Arianna. « C'est arrivé de nouveau ?

– Tu n'as pas entendu le grondement ? »

Pour toute réponse, Daniel ouvrit un sachet rose.

« Ce plancton agira comme un contrepoison. Enfin, j'espère. Tu t'en occupes ?

– D'accord. » Je recueillis quelques petites perles au creux de ma main. C'était la chose la plus délicate que j'aie jamais vue. « Où dois-je frotter ?

– Sur le ventre, au-dessus du nombril. C'est de la confiance. »

Je la massai le plus doucement possible, jusqu'à ce que son ventre prenne une couleur rose comme l'intérieur de certains coquillages. Est-ce que la confiance allait la faire revenir à elle ?

Daniel ouvrit un sachet vert, puis un rouge. Nous continuâmes. Je massais ce corps abandonné : gorge, poignets, chevilles prenaient sous mes mains les teintes les plus variées.

Au bout d'un moment, je m'aperçus que sur ses joues, où je n'avais rien frotté, apparaissait une jolie couleur rosée. Son expression était plus sereine, ses lèvres plus détendues.

« Ce n'est pas un peu trop ? » demanda Bruno, inquiet. « Vous êtes en train de la transformer en Arlequin !

– On n'est jamais trop confiant, ou trop joyeux », répondit Daniel.

Arianna ouvrit les yeux. Elle battit des cils une ou deux fois.

Et puis elle nous sourit, timidement.

Cinq ou six grondements plus tard, après avoir subi encore un certain nombre de massages au plancton, Arianna, toute multicolore, était en train de raconter son aventure aux enfants.

Ces derniers étaient assis en cercle autour de nous. Il en manquait cinq, qui s'étaient fait accompagner à la crevasse dès qu'ils avaient eu connaissance de l'existence des cannibales. Ces cinq-là avaient déjà, auparavant, donné des signes d'atermoiements.

Quand Arianna se mit à décrire comment elle avait traversé le marais pour se rendre au camp des cannibales, je l'interrompis.

« On peut savoir pourquoi tu l'as fait ?

– Je ne savais pas qu'il y avait des cannibales.

– D'accord, mais il me semble que le marais est le dernier endroit où l'on ait envie d'aller patauger ! »

Arianna battit des paupières. « J'avais trouvé une cigogne, une petite cigogne avec une jambe cassée. J'étais en train de lui arranger ça, quand elle…

– Ah ! » Je croisai les bras.

Arianna essaya de se justifier en évitant mon regard. « Comment aurais-je pu la laisser partir, alors que je n'étais pas sûre de bien avoir attaché l'attelle ? Elle a survolé le marais : j'étais *obligée* de la suivre. »

Je la laissai terminer son histoire sans autre commentaire.

Alors qu'Arianna était presque arrivée de l'autre côté du marais, les cannibales s'étaient réunis sur la rive. À ce moment-là, la cigogne avait fait demi-tour, et en voyant comme elle volait bien, Arianna avait été rassurée sur son compte. Mais ces hommes recouverts de boue avaient avancé dans l'eau et l'avaient obligée à les suivre. Ils lui avaient tenu le visage sur une fumerolle, puis elle s'était retrouvée enfermée sous terre en proie à une apathie étrange. Après cela, elle ne se souvenait de rien jusqu'au moment où elle s'était réveillée, toute colorée, avec Daniel, Bruno et moi penchés sur elle.

Quand ce fut mon tour de raconter, j'utilisai tout mon répertoire d'adjectifs horribles pour décrire les cannibales, leurs visages obtus, leur faim insatiable, le moignon, les sables mouvants. Je ne voulais pas que l'un des enfants en mal d'émotions soit pris de l'envie d'aller examiner tout cela de plus près. D'un autre côté, je ne voulais pas non plus alimenter la curiosité morbide à l'égard d'Arianna ; je survolai donc les détails de ce qu'elle avait fait dans son état cannibalesque. En privé, je lui avais montré les traces de la morsure, pour voir si elle se souvenait ; elle avait éclaté en sanglots, persuadée que j'avais reçu cette morsure pour la défendre. Je ne lui avais pas raconté la vérité. De toute façon, c'était de l'histoire ancienne : pendant les derniers grondements, elle avait juste secoué un peu les épaules, comme quelqu'un qui est légèrement mal à l'aise.

Quand je terminai mon récit, les enfants me semblèrent dûment terrorisés. Paola se mit à geindre.

Arianna la prit dans ses bras et scruta le petit visage rouge sous le casque. « Tu veux rentrer à la maison ? » lui demanda-t-elle en la berçant.

Elle se mit à pleurer plus fort. « Veux jouer ici ! »

On découvrit qu'elle craignait qu'on l'oblige à retourner sur la Terre.

Tous les enfants décidèrent que, malgré le danger, ils étaient chez eux dans l'île. Nous nous tiendrions loin de toutes sortes de fumées, et personne, pour aucun motif, ne s'approcherait jamais du marais. Aucun autre enfant n'alla rejoindre les cinq qui étaient déjà partis.

LA MISSION

Les journées reprirent leur rythme païen, paresseux, bienheureux. J'allais pêcher avec Daniel, ou bien je me rendais sur la plage avec Arianna à la recherche de vêtements, de nourriture ou de bibelots.

Arianna était redevenue comme avant, véritable petite princesse blonde. Les couleurs du plancton, en disparaissant, avaient laissé sur sa peau une luminescence qui lui allait fort bien. Elle avait recommencé à dédaigner les saucisses et les hamburgers et elle refusait de venir pêcher avec nous.

Nous passions les longues nuits à inventer des danses et des jeux. Nous nous divisions en deux bandes et nous jouions à l'île au trésor. À la décharge, nous avions trouvé une bicyclette en très bon état. Nous montions dessus à cinq pour affronter la descente du volcan. Mouche était la plus inconsciente. Un jour, elle se disputa avec Daniel, et par dépit elle se jeta dans la crevasse à cheval sur le vélo. Elle réapparut après trois grondements, mais sans le vélo.

Et bien sûr, dans la journée, nous faisions toujours

le tour de l'île, pour vérifier que de nouvelles fumerolles n'étaient pas apparues.

Nous attendions le retour du professeur sans anxiété particulière. Il était impossible d'être inquiet très longtemps, sur l'île. Seule Mouche donnait des signes d'agitation. Elle entrait en coup de vent dans notre cabane, en inventant les prétextes les plus absurdes. Nous la laissions faire. Arianna lui avait offert son fuseau rouge : elle en avait trouvé un bleu nuit avec des étoiles argentées. Quand elle faisait du cheval dans cette tenue, elle était fantastique.

Un jour, je partis à la recherche de Walter, qui remplaçait le professeur dans la bibliothèque pendant son absence. Je voulais lui parler d'une idée qui m'était venue, et quelque chose me disait qu'en l'occurrence, il valait mieux lui en parler à lui qu'à Daniel.

Je trouvai Walter agenouillé près d'un tabouret, en train de dessiner quelque chose. Il me sourit.

« Bonjour, Giulia. Assieds-toi. »

Je m'installai dans un hamac en attendant qu'il termine.

« Qu'est-ce que tu dessines ? » J'aimais bien Walter, toujours sérieux, indifférent à son aspect physique. Je le trouvais juste un peu trop affairé.

« Je suis en train de faire un plan de l'île. Personne n'y a jamais pensé.

– Je dois te parler. »

Il interrompit tout de suite son travail et il s'assit en tailleur sur le trèfle. Assis, il avait l'air encore plus gros. Il réajusta ses lunettes et me regarda.

« Puisque Arianna est guérie grâce au plancton volcanique, pourquoi n'essaierions-nous pas de faire la même chose avec les cannibales ? »

Walter me regarda avec intérêt. « Mais Arianna n'a jamais été une véritable cannibale. »

Je ne répondis pas. Je n'avais jamais parlé de la morsure d'Arianna, sauf à Daniel.

« Giulia, tu penses qu'avec des petites perles d'espoir ils redeviendraient normaux ?

– À mon avis, c'est possible.

– Mais quel est le fou suicidaire qui serait disposé à aller leur faire des massages ?

– On pourrait utiliser l'avion. Les couvrir d'une pluie de plancton.

– Hmm... Oui, je suppose que c'est faisable. Si nous trouvions de l'essence, nous pourrions jeter sur leur camp un déluge de perles d'espoir. Peut-être aussi de mémoire, de courage, d'énergie. Il secoua la tête. « Mais à quoi bon ?

– Quand j'étais là-bas, je les ai bien observés. Ils passent leur vie à se gratter comme des fous furieux, et à se recouvrir de boue. Ce ne sera pas le massage idéal, la confiance se retrouvera sur les pieds et la patience dans les oreilles, mais...

– Mais ça pourrait marcher ! » m'interrompit Walter, contaminé par mon enthousiasme. « Le plancton fonctionne aussi si on le frotte au mauvais endroit. C'est moins efficace, disons qu'il y a une perte de soixante pour cent...

– Il faut essayer ! m'exclamai-je, contente de l'avoir convaincue.

– Oui. Il faudra que tous les enfants aillent recueillir le

plancton à sa sortie du cratère ; comme la plupart des petites perles seront gâchées, il en faudra une énorme quantité !

– Nous en récolterons plein. »

Une ombre passa sur le visage de Walter. Il regardait le hamac du professeur : un souffle de vent remuait les sacs à demi pleins qui y étaient posés.

« Et lui, qu'en pensera-t-il ? Il faudra qu'il dise adieu à ses massages de mémoire et d'optimisme, puisque tout le plancton sera destiné aux cannibales…

– Ne t'inquiète pas. Le professeur est un homme généreux.

– Oui, tu as raison », admit Walter, rasséréné.

Le professeur revint de son voyage terriblement inquiet.

Avec le navigateur solitaire, il avait réussi à visiter un certain nombre d'îles de l'archipel. Sur presque toutes, la situation était terrible : des cannibales partout, des habitants affamés, avides, impuissants. Des fumerolles maléfiques à chaque pas. L'île du Japon ressemblait à un seau de goudron en ébullition. Depuis leur bateau, ils avaient même vu deux ou trois des plus petits atolls exploser sous leurs yeux avant de s'enfoncer sous l'eau. Le volcan de la grande île des États-Unis tremblait et rugissait comme s'il était destiné à subir le même sort incessamment.

Le professeur avait demandé au navigateur solitaire de le raccompagner sur notre île avant de poursuivre son voyage. Il n'y avait pas de temps à perdre.

« Mais est-ce que quelqu'un fait quelque chose pour combattre ce phénomène ? » demanda Daniel.

Dédaignant son hamac, le professeur allait et venait à grands pas. Il secoua la tête avec véhémence. « Ils sont même loin de simplement chercher une solution ! Et il ne s'agit pas seulement du Japon ou des États-Unis ! Les autres pays, comme le nôtre, sont sur la même voie ! »

Nous étions nombreux à être venus l'écouter. La tension dans l'air était palpable. J'étais tellement horrifiée par ces mauvaises nouvelles que je fis à peine attention aux yeux écarquillés et aux cheveux dressés des autres enfants.

Le professeur, lui, dut remarquer quelque chose. Il prit soudain une voix faussement frivole, comme si tout cela n'était qu'une plaisanterie. « Cela n'arrivera pas de sitôt. Et en attendant, il faut tout faire pour tenter de sauver la situation. »

Bien sûr. Mais comment ?

Nous le regardions tous avidement, nous attendant presque à entendre tomber de ses lèvres la solution magique à tous nos problèmes.

« Il faut que j'y réfléchisse. Il y a peut-être un moyen, mais… je ne sais pas. » Il alla s'allonger dans le hamac et se balança en silence pendant quelques minutes.

C'était le moment de lui exposer mon idée à propos du plancton. Quand j'eus terminé mon explication, le professeur me regarda avec approbation.

« Cela vaut le coup d'essayer. Même si nous n'avons pas beaucoup de temps. »

Mon idée fut mise en application, mais peu de temps après, le professeur nous réunit à nouveau. Cette fois-ci, tous les enfants se rendirent à la bibliothèque.

« Ce n'est pas d'ici que nous pouvons améliorer les choses, parce que le problème vient de ce qui se passe sur la Terre », nous annonça-t-il sans préambule. « C'est là-bas qu'il faut opérer. Quelques pluies de confiance déversées sur les cannibales ne peuvent pas servir à grand-chose.

– Mais est-ce que ça marche ? lui demandai-je. Comment est-ce que les cannibales réagissent ? Est-ce que vous avez réussi à les voir ?

– Oui... ils se sont grattés tant qu'ils ont pu sous notre pluie de plancton, et maintenant ils ont l'air un peu plus éveillés. Un peu.

– Il faut du temps. » Je me sentais très sage, en disant ça : c'était vraiment une phrase de grande personne.

« Peut-être que tu as raison, Giulia. Nous pouvons probablement faire quelque chose pour les cannibales. Mais cela va trop mal, pour tout le monde. Vraiment trop mal. Nous ne réussirons à rien sans un gros sacrifice.

– Qui... qui est-ce qui devrait se sacrifier ?

– Les meilleurs d'entre nous. »

Les meilleurs ? Est-ce que cela m'incluait, moi aussi ? Sans doute ! Je fixai le professeur, angoissée.

« Il n'y a qu'un seul moyen pour ralentir le processus.

– Quoi donc ? » crièrent tous les enfants ensemble.

J'étais tendue comme la corde d'un arc.

« C'est vous, les enfants, qui devrez le faire. Parmi les adultes aussi, il y en a quelques-uns qui peuvent nous être utiles, mais c'est sur vous que je compte. »

Aucun d'entre nous ne respirait.

Il s'éclaircit la voix. Puis il se lança.

« Si la plupart d'entre vous, les vrais paresseux, les plus rêveurs, les plus flâneurs, ceux pour qui le fait de ne rien faire est un véritable art, si vous retourniez sur la Terre pour enseigner cet art essentiel, pour donner le bon exemple... peut-être que nous pourrions sauver l'archipel. »

Je baissai la tête. « Il n'y a pas d'autre solution ? » murmurai-je. J'étais un as de la fainéantise, donc je savais que je ne pourrais pas me soustraire.

« Ce serait une mission. »

Bizarrement, la première idée qui me vint à l'esprit fut que j'allais devoir interrompre ma récolte de fils rouges. J'en avais déjà ramassé une bonne quantité, et il m'était difficile d'admettre que je ne posséderais jamais un bandeau comme celui de Daniel. D'autre part, je voulais faire la connaissance du navigateur solitaire. Il m'intéressait. Je ne l'avais jamais rencontré, et si je partais, je n'en aurais plus jamais l'occasion.

Que de renonciations !

C'était trop dur !

Je regardai autour de moi. Les visages étaient tristes, les yeux baissés. Je n'étais pas la seule à ne pas vouloir quitter l'île.

La voix du professeur résonna, claire et forte comme celle d'un chef révolutionnaire. « Cela en vaut la peine, les enfants. Sur la Terre, les gens doivent réapprendre que le temps perdu n'est pas un luxe mais un besoin profond, vital, indispensable. Quand les gens auront redécouvert l'oisiveté, qu'ils auront recommencé à observer la nature et à s'observer eux-mêmes, nous pourrons vaincre le temps noir ! »

Il avait raison, hélas, trois fois raison ! Le mal devait être extirpé à la racine, et les seuls à pouvoir faire cela étaient les enfants de l'île. C'étaient nous.

16 août

Chère Giulia,

Aujourd'hui je suis un peu mélancolique, peut-être parce que les myrtilles sont de moins en moins bonnes. La saison se termine. Même les plaques de neige au sommet des montagnes sont en train de disparaître.

J'ai commencé à dessiner le plan de l'île, celui de Walter. Pendant que je traçais contours et reliefs, j'ai eu l'impression de reproduire une île que je connaissais. C'est tout de même étrange, cette nostalgie pour un endroit où je ne suis jamais allée !

Au fait, est-ce que tu trouves que je me fais bien comprendre quand je parle d'« oisiveté » ? Ou bien, à sa parution, y aura-t-il des adultes pour interdire ce livre à leurs enfants ? En tonnant que les enfants ne doivent jamais rester à ne rien faire et que l'oisiveté est la mère de tous les vices et que quand on ne fait rien on n'a rien et que même la fée bleue de Pinocchio dit que c'est une très vilaine habitude qu'il faut guérir dès tout petit !

Bien entendu, l'oisiveté de l'île, c' est autre chose : c'est réussir à rester avec soi-même sans s'ennuyer, s'intéresser à des choses insignifiantes, comme le vol d'un moustique, pour y découvrir la mélodie du soleil et les lois de l'univers.

Mais c'est aussi décider que si l'on veut faire quelque chose, quoi que ce soit, alors cela vaut la peine de le faire avec énergie et passion pour que ça réussisse. Sans oublier, cependant, que l'action est juste l'une des manières de vivre, et non la seule.

En gros, l'oisiveté est l'art de faire en ayant l'air de ne rien faire.

Tu es d'accord ?

Deux jours plus tard.

Je suis coincée, et c'est de ta faute. Dans le prochain chapitre, je dois raconter la scène dans laquelle Daniel te confie son secret. Et toi qui as catégoriquement refusé de me dire ce que c'était, sous prétexte que « jurer c'est jurer » !

Tu m'as vraiment mise dans de beaux draps, ma chère Giulia. Maintenant il va falloir que je me débrouille pour trouver toute seule une solution narrative convaincante.

D'où diable ce garçon peut-il venir ?

J'attends qu'une idée me tombe du ciel.

Excuse-moi si je ne suis pas aussi affectueuse que d'habitude, mais en ce moment je suis un peu fâchée contre toi à cause de ta réticence.

Tu me trouves infantile ? Tu as peut-être raison : à force d'écrire pour les enfants, cela arrive.

S.

LE SECRET

La sélection commença.

Les critères selon lesquels les enfants étaient choisis étaient les suivants : capacité de passer des heures à regarder un nuage, à la recherche de l'inspiration ; passion pour les vagabondages dans des territoires inconnus ; talent pour inventer des poésies en effeuillant une marguerite ou pour réciter des formules magiques en dessinant sur une fenêtre embuée ; ignorance absolue de ce qu'est la hâte lorsqu'on caresse un chat derrière les oreilles en écoutant ses histoires ; et naturellement, une bonne dose d'amour pour la vie. Sur la Terre, ces dons devaient devenir aussi contagieux que la scarlatine.

Au début, la plupart des enfants firent la grimace quand le professeur leur expliqua ce qu'ils devaient faire. Rentrer sur la Terre signifiait devoir s'adapter de nouveau à un certain nombre de règles, et la plupart d'entre nous n'avaient aucune envie de recommencer à fréquenter l'école ou à aller au lit à une heure donnée. Mais peu à peu, l'importance de la mission les séduisit, comme moi.

Nous trouvâmes également plusieurs adultes prêts à se sacrifier, entre autres Vittoria, Marina, et Kurt, le touriste allemand arrivé peu après nous.

J'étais persuadée que Daniel, Bruno et surtout Arianna se battraient à qui sauterait le premier dans la crevasse.

Il ne faut jamais être trop sûr de rien. On risque d'être déçu. Cruellement déçu.

« Moi, ma mission, elle est ici, déclara Arianna.

– Quoi ? m'écriai-je.

– Je dois aider Bruno à s'occuper des animaux, jeter les plus petits dans la crevasse… » Elle se tourna pour sourire à Bruno.

« Mais… mais… » Je balbutiais. Je n'arrivais pas à y croire.

« Je suis tellement bien, ici !

– Non mais ça ne va pas la tête ? Tu serais bien ici, même sans moi ? Comment peux-tu dire une chose pareille ? Tu es encore sous l'effet de la fumée noire, ou quoi ? » Je dus m'arrêter : je suffoquais.

« Giulia, ma mission, à moi, est ici… Tu n'as pas vraiment besoin de moi, répéta-t-elle, têtue.

– Et toi, Bruno ? » demandai-je en tournant ostensiblement le dos à Arianna. Elle disait ça pour me faire enrager, c'était évident. Ou pour me mettre à l'épreuve. Quelle andouille !

Avant de parler, Bruno s'éclaircit la gorge. Mauvais signe.

« Heu, moi je crois que j'appartiens vraiment à l'île. Je ne peux pas partir. Vraiment pas. J'ai su que sur la Terre, après ma disparition, mes parents ont divorcé. Je n'ai pas le courage de…

– Je comprends », l'interrompis-je en serrant les dents. « Mais si tu crois qu'Arianna va rester ici…

– Mais si, je reste ici, Giulia ! »

Et c'était reparti ! Je résistai à l'envie de lui envoyer une gifle et me tournai vers Daniel pour partager mon indignation avec lui.

« Tu entends ça ? explosai-je. Quels crétins ! »

Daniel haussa les épaules. « S'il y a une règle qui existe dans cette île, Giulia, c'est bien de ne jamais obliger personne à faire quelque chose contre sa volonté.

– D'accord, mais tu te rends compte ? Si tout le monde désertait, comme ces lâches, la mission serait un échec !

– Vous êtes nombreux, Giulia, ne t'inquiète pas pour ça. Même le professeur va venir avec vous ; Walter prendra sa place, ici, sur l'île. »

Quelque chose dans sa phrase me mit la puce à l'oreille. Avec vous…

« Avec nous, tu veux dire !

– Moi je ne viens pas, Giulia. »

Je le regardai fixement, muette. Je devais avoir mal compris.

« Ne le prends pas comme une insulte personnelle. Je suis le chef, on a besoin de moi ici », murmura-t-il.

Voilà qui était pire que d'être engloutie dans les sables mouvants du marais.

Le silence s'alourdit, jusqu'à devenir insupportable. Je me retournai d'un coup et me mis à courir vers notre cabane. La cabane au toit en canettes de Coca-Cola et aux rideaux à fleurs. La cabane qui, dans peu de temps, ne serait plus la nôtre mais celle d'Arianna seule. Mon amie de toujours qui, pour ne pas être séparée de Bruno et de son cheval, acceptait d'être séparée de moi ! Malgré tout ce que j'avais fait pour la sauver !

Je m'engouffrai à l'intérieur et refermai la porte. Je ne voulais voir personne. Ce n'étaient que des égoïstes, ils ne pensaient qu'à eux-mêmes, ils se moquaient de savoir si l'île allait exploser ou si le monde vivait une situation catastrophique. J'attrapai le coussin de pop-corn, j'y enfonçai mon visage, et je me mis à pleurer.

Je pleurai, pleurai, et pleurai.

Je tapai des pieds.

Je pleurai encore.

Je lançai contre les murs tous les objets qui me tombèrent sous la main, comme les actrices dans les films muets.

Je pleurai encore, mais un peu moins fort.

« Giulia… »

Quelqu'un était entré dans la cabane.

« Va-t'en ! criai-je sans regarder.

– Giulia, moi je viens avec toi ! »

Je levai soudainement le visage et le replongeai immédiatement dans le coussin. « Oh, non ! gémis-je.

– Je serai très forte pour perdre du temps, tu verras. Je resterai toujours avec toi.

– MOUCHE, VA-T'EN !

– Je sais même rester tête en bas pendant une demi-heure ! Tu veux voir ?

– Non.

– Mais c'est le meilleur moyen de perdre du temps !

– Je m'en fiche complètement », dis-je en lui jetant un coup d'œil.

Comme elle était sale, avec son éternel gros pull qui la faisait paraître encore plus maigre. « Ça fait combien de temps que tu ne t'es pas lavé les cheveux ? » demandai-je avec la volonté d'être désagréable.

Elle ignora ma question.

« Tu veux voir ce qu'il y a dans mon porte-bonheur ? proposa-t-elle en s'approchant.

– Non.

– Tu n'es pas curieuse ?

– Non.

– Regarde ! »

Mouche défit le lacet qui nouait le petit sac qu'elle portait autour du cou. Je plongeai la main dedans et en sortis une poignée de grains blancs. Je les examinai.

« Qu'est-ce que c'est ? Oh ! »

C'étaient des dents : de petites dents de lait, comme celles que l'on perd vers six ans.

Je secouai la main et les dents tombèrent à terre. Mouche ne se pencha pas pour les ramasser. « Chaque fois que je viens sur l'île j'en découvre de nouvelles. » Elle avait l'air un peu triste.

« Ah. » Je ne trouvai aucun commentaire approprié. Pendant une seconde, j'avais imaginé ma vie sur la Terre avec Mouche comme meilleure amie à la place d'Arianna. Idée horrible.

« Giulia, une fois là-bas comment est-ce que nous allons faire pour nous souvenir de l'île ?

– Qu'est-ce que tu dis ?

– Comment est-ce que nous nous souviendrons de notre mission quand nous serons de retour sur la Terre ? »

Si Mouche voulait capter mon attention, cette fois-ci elle avait réussi son coup.

« Pourquoi ? » lui demandai-je en l'attrapant par le bras. « Tu veux dire que chaque fois que tu es retournée sur la Terre tu as oublié l'île ? »

Elle fit signe que oui.

« Tu ne te souvenais plus de rien ? Tu es sûre ?

– Je savais juste que je m'étais perdue. Tu sais, comme quand tu as rêvé quelque chose mais que tu n'arrives pas à te rappeler quoi. C'est un peu pareil : j'avais quelque chose qui tournait dans la tête, mais je n'arrivais pas à savoir quoi.

– Oh non !

– Nous allons oublier pourquoi nous sommes revenus. Peut-être qu'il faudrait l'écrire quelque part, par exemple sur la main, comme à l'école, quand il y a un contrôle.

– Nous avons intérêt à en parler au professeur », dis-je en me levant. « Si j'ai bien compris, le risque c'est que nous ne nous souviendrons même plus que nous sommes *revenus* de quelque part.

– Est-ce que nous en parlons d'abord à Daniel ?

– Je ne veux plus jamais parler à Daniel. »

J'essuyai mes larmes et j'ouvris la porte.

« Quand on parle du loup… » s'exclama Mouche.

Daniel était là, qui me barrait la sortie. Je le poussai de côté : je voulais passer sans même lui accorder un coup d'œil.

« Attends un instant », dit-il en m'arrêtant. « Mouche, je dois parler avec Giulia. Seul. »

Mouche ricana :

« Oui, je sais bien quel genre de conversation vous voulez avoir !

– S'il te plaît, laisse-nous. Et ne va pas nous espionner !

– Moi ? Espionner ? »

Je sentais les yeux de Daniel me fixer. Moi, mon regard était pointé par terre, pendant que je luttais contre une envie de pleurer. Mais combien de larmes un corps humain peut-il contenir ?

« Bon, si vous avez vraiment besoin d'être seuls... Qu'est-ce que vous pouvez bien avoir à vous raconter ? »

Nous ne répondîmes pas.

« Bon, eh bien salut. »

Nous restâmes silencieux. J'entendis Mouche s'éloigner.

« Tu vas me laisser tranquille ? » demandai-je en levant les yeux. Daniel me serrait le bras avec force.

« Pas avant de t'avoir parlé. Entrons. » Il me poussa à l'intérieur de la cabane.

« Bien, grand chef », me moquai-je en me libérant de son étreinte. Je ricanai sans gaieté.

« Giulia, ce n'est pas vrai que je ne veux pas quitter l'île parce qu'on a besoin de moi ici. Ce n'est pas ça le problème. Pas seulement.

– Et alors, de quoi s'agit-il ? Sur la Terre tu ne pourrais plus donner des ordres, c'est ça ? »

Daniel se passa une main dans les cheveux. Il glissa un doigt sous le bandeau rouge pour se gratter le front. Il hésita. Puis il s'assit sur le lit à côté de moi.

« Tu ne le répéteras pas ? »

Je haussai les épaules, le visage tourné vers le mur.

« Je vais te raconter quelque chose que je n'ai jamais dit à personne, Giulia. À personne. C'est au sujet de mon passé. C'est un secret. »

Je me retournai vers lui. Je mourais d'envie d'entendre la suite.

« Ç'a quelque chose à voir avec la façon dont tu t'es perdu ?

– Giulia… Je ne t'ai jamais dit qui j'étais sur la Terre.

– C'est vrai. La seule chose que je sais de toi c'est que tu t'es fait une cicatrice en tombant de vélo quand tu étais petit.

– Oui, mais… Je n'ai jamais été petit.

– Quoi ?

– Cette cicatrice, je l'ai toujours eue. Je n'ai jamais été petit, parce que je ne suis jamais né, pas comme tout le monde, avec deux parents et tout le reste.

– Tu es né grâce à la fécondation artificielle ? » J'étais impressionnée. Je n'avais jamais rencontré personne qui soit né de cette manière.

« Non, en fait je ne suis jamais né, tout court.

– Super. Notre grand chef est en train de devenir fou.

– Écoute… Je ne sais pas si tu peux comprendre… Mais il faut que je te le dise. Je… Je… J'étais l'ami imaginaire d'un enfant qui vit sur la Terre. J'étais un enfant inventé. Voilà, je l'ai dit. »

Je le regardai, bouche bée. Il avait l'air sincère, comme quelqu'un qui s'est ôté un grand poids du cœur.

« Tu es l'ami imaginaire d'un autre enfant ? répétai-je lentement.

– Oui. Un certain Roberto. Je ne sais pas pourquoi il m'a appelé Daniel, je ne sais pas pourquoi il m'a créé avec cette cicatrice, ces cheveux roux coiffés à la punk et ces taches de rousseur. Quand je suis arrivé ici, il avait six ans. Je suppose qu'il m'a inventé parce qu'il aurait aimé avoir un grand frère.

– Mais comment se fait-il que tu sois arrivé ici ?

– La dernière fois que nous nous sommes vus, Roberto avait honte de moi devant ses amis. Nous étions dans sa chambre, et ils étaient en train de parler de... de sexe ! Ils racontaient un tas de bêtises, ils expliquaient tout de travers. Au lieu de rester de côté comme je le faisais chaque fois qu'il était avec quelqu'un, je m'approchai. Il me lança un coup d'œil méchant et me fit signe de rester dans mon coin. Mais le sujet était trop intéressant, et ces morveux n'y connaissaient rien : moi qui étais plus grand j'aurais pu les informer ! Je m'approchai encore, mais Roberto me poussa vers la porte en chuchotant "Fiche le camp, tu ne vois pas que je suis occupé ?" C'était la première fois qu'il me traitait comme ça. Quel mal est-ce que je faisais ? Pour les autres enfants, j'étais invisible ! »

Pendant que Daniel parlait, je pouvais lire sur son visage la souffrance et l'humiliation écrasante qu'il avait éprouvées ce jour-là. C'est dur d'être rejeté de but en blanc par son meilleur ami ! J'en savais quelque chose.

« Continue, s'il te plaît.

– Je suis sorti de sa chambre, puis de la maison. C'était la première fois que j'étais seul. J'ai vagabondé dans les rues en attendant l'heure à laquelle les amis de Roberto repartiraient chez eux. Mais quand je me suis senti fatigué et que j'ai décidé de rentrer, je n'ai pas réussi à retrouver mon chemin. Je m'étais perdu.

– Ce Roberto a été ignoble. Tu as raison de ne pas vouloir retourner près de lui. Mais quand même… » Je me sentais partagée : d'un côté je voulais lui faire comprendre mon indignation, de l'autre je voulais qu'il retourne sur la Terre avec moi.

« Non, ce n'est pas ça. Je lui ai pardonné. Mais je suis sûr que depuis le temps, Roberto a beaucoup trop grandi pour continuer à avoir un ami imaginaire. Giulia, sur la Terre, je n'existe plus ! »

J'eus envie de le consoler. Toute cette histoire me mettait mal à l'aise. Je pensais à l'effet que cela m'aurait fait si j'avais été comme lui, rien qu'une amie imaginaire. Non, j'étais trop dodue, trop cynique : aucun enfant ne m'aurait jamais inventée. Arianna, par contre, avait juste le bon physique, il n'y avait pas de doute ! J'eus la chair de poule.

Je revins à Daniel.

« Tu en as fait du chemin », dis-je pour lui remonter le moral. « Sur la Terre, tu ne faisais jamais rien de ta propre volonté, alors qu'ici tu es notre chef. C'est toi qui dis aux autres ce qu'ils doivent faire !

– Avec Roberto aussi je prenais quelques libertés. » Il sourit. « Je ne lui obéissais pas toujours. »

Je souris également. « Je comprends maintenant pourquoi tu veux rester ici. » Je lui pris une main et la serrai fort. Nous nous regardâmes dans les yeux, complices. « Je ne le dirai jamais à personne. Si je mens, je vais en enfer ! » jurai-je en crachant par terre.

Daniel sourit. Ses yeux avaient recommencé à briller.

« Parmi tous ceux qui s'en vont, ce sera toi qui me manqueras le plus, déclara-t-il simplement.

– Moi non plus, je ne t'oubli... » Je m'interrompis brusquement. « Il y a quelque chose de très important que tu dois savoir », débitai-je rapidement. « Mouche m'a dit que sur la Terre nous perdrons le souvenir de l'île. Nous aurons oublié jusqu'à son existence !

– Elle est sûre ?

– Oui, en faisant des allers-retours elle s'est rendu compte que sur la Terre elle ne se souvient pas de l'île, alors que sur l'île elle se souvient de tout.

– Aïe aïe aïe ! Ça c'est embêtant !

– Il faut en parler au professeur tout de suite.

– Nous devons aller le voir, de toute façon : il m'a demandé de réunir tous les enfants au prochain grondement de volcan.

– Nous lui demanderons s'il a une idée pour nous faire garder la mission en mémoire. Peut-être que nous pourrions nous l'écrire quelque part, sur la paume de la main, par exemple. » Je ne dis pas que cette idée n'était pas de moi, mais de Mouche.

18 août

Giulia, j'ai réussi !

Donc, j'avais à peine écrit ta réplique : « La seule chose que je sais de toi c'est que tu t'es fait une cicatrice en tombant de vélo quand tu étais petit » – celle-là c'est toi qui me l'avais dite, tu te souviens ? – quand la réponse de Daniel m'est venue à l'esprit : « Je n'ai jamais été petit. »

Celle-là, tu ne me l'avais pas dite. Elle est venue toute seule, inattendue, limpide.

Après cette phrase, il était facile d'arriver à la conclusion que Daniel était un ami imaginaire.

J'ai trouvé la solution narrative, même sans ton aide !

Est-ce que j'ai deviné le secret de Daniel ? Hein, dis ?

Giulia, s'il te plaît, si j'ai deviné tu me le diras ?

Je t'en prie, je t'en supplie !

Baisers,

S.

LES PRÉPARATIFS

« Ça ne peut pas marcher ! s'exclama le professeur.

– Mais pourquoi ? » demandâmes-nous en chœur, Daniel et moi.

Nous étions tous réunis sur l'étendue d'herbe devant la bibliothèque : les habitants de l'île au grand complet.

« Je ne pense pas que ce qui a été écrit sur l'île puisse arriver sur la Terre. Ce qui est créé ici n'a aucune conséquence là-bas. Selon mes calculs, la matière avec laquelle nous ferons l'encre se décomposera...

– Nous pourrions l'inscrire dans notre chair. »

La suggestion venait de Walter.

« Comment ? demanda Daniel.

– Un tatouage. Peut-être que ça, ça resterait.

– Oui, ça devrait rester ! s'exclama Mouche. Parfois, en retournant sur la Terre, j'avais les jambes toutes griffées. Je ne savais pas comment c'était arrivé. C'étaient les ronces de l'île, bien sûr, mais une fois là-bas je ne...

– Ça pourrait fonctionner ! l'interrompit le professeur. Oui. Un tatouage chacun. Pas la peine de faire une phrase entière, il suffirait d'un petit signe qui nous rappelle ce que nous devons faire.

– Un dessin qui symbolise notre mission ! » cria quelqu'un.

Tout le monde se mit à parler en même temps. Quelqu'un proposa une tête dans les nuages, quelqu'un d'autre un loir, ou des mots croisés, ou encore un hamac.

« Un bonhomme qui se tourne les pouces ! » cria Arianna. Je serrai les dents. Si elle n'avait pas l'intention de venir sur la Terre, pourquoi est-ce qu'elle se mêlait de cette histoire ? Qu'est-ce qui l'autorisait à faire des suggestions stupides ?

« Un bonhomme qui se regarde le nombril ! cria Mouche.

– Trop compliqué.

– Il n'y a pas un dieu de la paresse ? » demanda quelqu'un.

Personne ne savait.

« La statue de Zeus », proposa Marina l'archéologue. « En la voyant nous nous souviendrons de l'île.

– Un cannibale !

– Le volcan !

– Il vaudrait mieux un symbole du farniente, répéta le professeur. Mais quelque chose de facile à dessiner.

– Un croissant de lune allongé, proposai-je. Comme la lune que nous voyons ici.

– Ça, ce n'est pas mal, intervint Daniel. En Orient aussi on voit la lune allongée, et en Orient les gens prennent la vie calmement. »

Je lui jetai un coup d'œil reconnaissant. J'étais contente qu'il approuve ma proposition, mais surtout je ne voulais pas me retrouver avec le bonhomme d'Arianna tatoué sur la main.

« Sauf au Japon ! fit remarquer quelqu'un. Et le Japon est en Orient.

– Au Japon, la lune est dressée.

– Non !

– Si !

– Non ! »

Suivit une discussion interminable.

À la fin, quand chacun eut mis son grain de sel, ce fut justement mon croissant de lune qui fut choisi. Son principal avantage était que c'était très simple à tatouer, et donc beaucoup moins douloureux que la statue de Zeus, par exemple.

« Comment est-ce que nous nous souviendrons que c'est un croissant de lune ? fit Mouche.

– Qu'est-ce que tu veux dire ? » demanda le professeur.

Elle haussa les épaules. « À mon avis, nous penserons que nous nous sommes griffés, voilà tout. »

Quelqu'un proposa de se jeter dans la crevasse avec un sac de plancton de mémoire attaché au cou.

« Ça ne marcherait pas, objecta Walter. N'est-ce pas, professeur ? La mémoire retournerait dans le cerveau de la personne qui l'a perdue. »

Nous dûmes nous contenter des tatouages.

C'est Kurt qui fut choisi pour décorer la paume de notre main gauche. À Hambourg, quand il était jeune, il avait tenu une boutique de tatouages. Le navigateur solitaire savait les faire, lui aussi, mais comme d'habitude il était quelque part au milieu de l'océan.

La première victime fut celle qui avait choisi l'idée : moi.

« Che ne te ferai pas mal, dit Kurt. Che serai télicat comme une plume.

– Avec quoi est-ce que tu vas le faire ? » demandai-je, méfiante.

Il me montra une longue aiguille. « Il sera fiolet, précisa-t-il. C'est la seule couleur que ch'ai troufée. »

Je lui fis signe de commencer. Ce n'était pas le moment de montrer à l'île entière que les aiguilles me donnaient la chair de poule. Pendant toute la durée de l'opération, je gardai les yeux fixés sur Arianna. La sensation de brûlure sur la paume servait à alimenter la lueur assassine de mon regard. Je voulais la réduire en cendres, l'anéantir avec mon mépris.

Elle observait la scène en se mordillant un ongle. Cette andouille. Elle n'était plus mon amie. Elle ne l'avait jamais été. Je l'avais vue comme une vraie princesse, alors qu'en fait, elle était… peut-être qu'elle n'était rien. Qu'elle n'existait pas. En ce qui me concernait, elle pouvait disparaître immédiatement.

« Foilà ! » dit Kurt.

Je baissai le regard. Juste à l'intersection entre la ligne de vie et la ligne de chance, là où la peau est claire et fine, se trouvait un minuscule croissant de lune violet, allongé comme une barque solitaire. J'agitai la main pour faire passer la brûlure. Une fois de retour sur la Terre, est-ce que je me souviendrais de sa signification ?

Quand je levai la main en l'air pour montrer mon tatouage à tout le monde, fière de ne pas avoir fait la moindre grimace de douleur, Arianna était partie.

À partir de ce moment-là, l'île connut une ferveur jamais vue. Nous avions décidé de tous nous jeter dans la crevasse le même jour, l'un après l'autre, pour renforcer le sentiment d'appartenir à une armée en partance pour une croisade.

Pendant que la cérémonie des tatouages continuait au milieu des larmes et des grincements de dents, d'autres enfants collaboraient à la récolte du plancton volcanique pour les cannibales, de manière qu'il en reste un bon stock dans l'île après notre départ. Heureusement, les petites perles sortaient du cratère en jets presque continus. Quant aux sacs en plastique, maintenant que Mouche ne les jetait plus dans la crevasse, il y en avait à profusion.

La récolte du plancton était une corvée fatigante et monotone, mais nécessaire. Nous nous relayions au sommet du volcan : nous ne pouvions pas être plus de deux à la fois, parce qu'à côté du cratère il n'y avait pas beaucoup de place pour tenir en équilibre. Or, il fallait justement se tenir là, sur le bord du cratère, en évitant les objets que le volcan expulsait continuellement.

Pour capturer les petites perles, il fallait être précis et rapide, et guetter le bon moment : celui où elles cessaient d'être des lapilli incandescents et où elles se transformaient en de minuscules granules au contact de l'air. Avant, trop chaudes, elles auraient troué le sac. Après, une fois retombées, elles se mélangeaient avec le sable.

Personnellement, j'étais contente d'avoir tant de choses à faire : cela m'empêchait de penser à Arianna. Je ne l'avais plus revue après mon tatouage. La traîtresse m'évitait. Je ne croyais pas vraiment que c'était une amie imaginaire, mais j'aurais voulu qu'elle le soit, parce qu'au moins j'aurais compris pourquoi elle ne voulait pas retourner sur la Terre.

Comme c'est compliqué, l'amitié, me disais-je. Il vaut mieux ne pas avoir de véritables amis, en fait. Dorénavant, j'allais fermer cyniquement mon cœur à toutes les affections. Avec une seule exception : Daniel. Quand c'était possible, je recherchais sa compagnie.

« Je veux que tu m'écrives, lui dis-je. Promets-moi de le faire ! »

C'était notre tour de capturer les jets de lapilli colorés au sommet du cratère. Ils étaient magnifiques, mais dangereux : pas question de les toucher avec les mains ! Pour nous protéger les yeux, nous avions mis des lunettes de soleil.

Il faisait chaud, là-haut. Les pieds posés sur l'étroite bande de terrain plat qui entourait le cratère, nous nous tenions dans un équilibre précaire, prêts à nous écarter d'un bond quand un parapluie ou n'importe quel autre objet pointu jaillissait hors du volcan.

Dès qu'un jet coloré était lancé vers le ciel, Daniel allongeait les bras et tenait un sac en plastique ouvert, prêt à attraper la parabole descendante du plancton un peu refroidi. Quand le sac en plastique était plein, il me le passait, encore chaud ; moi je devais le fermer avec un élastique pendant qu'il en remplissait un autre. Un vrai travail à la chaîne.

« Mais si je t'écris sur une feuille normale, elle retournera là où elle a été perdue, fit-il remarquer.

– Et alors ?

– Tout ce qui est jeté dans la crevasse retourne à l'endroit exact où on l'a perdu. Et comment saurons-nous d'où vient le papier que j'utiliserai pour t'écrire ?

– Ah ! » Je continuais à fermer les sacs en plastique tout en réfléchissant. « Mais si moi je t'écris, et que je perds la lettre, elle arrivera ici, pas vrai ?

– Bien sûr.

– Toi, tu la lis, et tu écris ta réponse. Sur la même feuille. Je laisserai beaucoup de place exprès pour toi. Puis tu la rejettes dans la crevasse. Elle arrivera là où je l'ai perdue, non ? »

Daniel s'illumina. « Bravo ! C'est une très bonne idée. Mais c'est toi qui devras m'écrire la première.

– D'accord, mais tu dois me promettre de répondre immédiatement.

– … Oui, bien sûr. »

Je remarquai sa légère hésitation et un soupçon me vint à l'esprit.

« Daniel… »

Je ne savais pas par où commencer. Je ne voulais pas le vexer.

« Oui ?

– Tu… est-ce que tu sais écrire ? »

Daniel manqua le jet de petites perles qu'il visait.

« Pourquoi est-ce que… »

Il n'attendit pas assez avant de tendre à nouveau les bras, et le jet suivant de lapilli incandescents transforma le sac en plastique en une espèce de passoire.

« J'ai pensé que Roberto, quand il t'a inventé, n'avait peut-être pas besoin que tu saches écrire, murmurai-je avec le plus de tact possible.

– Comment as-tu deviné ? » demanda Daniel à voix basse, en suivant des yeux la trajectoire d'un briquet qui l'avait effleuré en passant. « Roberto avait plein de livres et il était bon en classe, et comme il voulait que je sois son exact opposé… Cela l'amusait que je sois agile, mais ça ne l'intéressait pas que je sache lire et écrire. Heureusement, j'ai eu le temps d'apprendre, ici, sur l'île. »

Nous recommençâmes à travailler.

« Ce sera bien d'avoir un ami sur cette île », dis-je au bout d'un moment. « Et pratique, aussi : je perds toujours tout ! Je mettrai mes initiales sur tout ce que je possède ; comme ça si tu trouves quelque chose qui m'appartient, tu pourras me le renvoyer !

– Pour ce genre de chose, tu as Arianna !

– Oh, Arianna… » Je me penchai de côté pour éviter une balle de ping-pong.

« J'ai remarqué que tu as dormi dans la cabane de Mouche, cette nuit. Vous vous êtes disputées, Arianna et toi ?

– Je ne veux pas en parler !

– Si je réussissais à convaincre Bruno de retourner sur la Terre, je suis sûr qu'Arianna aussi…

– Laisse tomber ! Ne t'en mêle pas ! » criai-je, hystérique.

Daniel se tut, vexé. Nous continuâmes à travailler en silence. Je ruminais.

Roberto était l'opposé de Daniel. Et moi j'étais l'opposé d'Arianna.

Qui étaient les parents d'Arianna ? Quand étaient-ils morts ? Pourquoi est-ce qu'elle ne m'en parlait jamais ? Est-ce qu'ils avaient vraiment existé ?

Qui était Arianna ?

Si, je dis bien *si* j'avais eu envie de m'inventer une amie imaginaire, quel aspect aurait-elle eu ?

Comment fait-on pour être sûr à cent pour cent qu'une chose est réelle et une autre pas ?

22 août

Giulia chérie,

Tu sais que plus j'écris, plus l'île me devient familière ? J'ai perfectionné le plan, en y ajoutant des détails, comme si je les avais vus de mes propres yeux.

Écrire sur les enfants de l'île a développé en moi le désir de me souvenir de ma propre enfance. Comme tu le sais, je ne me rappelle absolument rien avant mon adoption. Je pense que j'étais une vraie peste, avant.

Même maintenant, malgré mes efforts, les seuls souvenirs qui affleurent sont ceux qui ont trait à ma vie avec mes parents adoptifs. J'étais une enfant irritante et irritable, je devins une adolescente dans la lune ; je passais des journées entières à rêver les yeux grands ouverts. Plus tard, après t'avoir connue, j'ai mis cette caractéristique au service des livres pour enfants que j'aime écrire. Ton amitié m'a été très précieuse, mais ça, tu n'as pas besoin que je te le dise, tu le sais déjà.

Plus tard.

Giulia, est-il vraiment vrai que tu aies joué avec l'idée qu'Arianna était une amie imaginaire ?

Maintenant, je peux te l'avouer : il m'est arrivé d'être jalouse de ton amie de cœur. J'ai pensé que tu la préférais parce que vous étiez amies d'enfance. Cela arrive, de devenir possessif, quand on aime beaucoup quelqu'un.

Tu es vraiment ma meilleure amie.

S.

LA CÉRÉMONIE

Le grand jour était arrivé. Tous ceux qui quittaient l'île avaient désormais leur beau tatouage violet sur la main gauche. Sauf Mouche : en voyant Kurt et son aiguille, elle s'était enfuie et il n'y avait pas eu moyen de la convaincre de revenir. Plus tard, elle m'avait montré sa paume : elle y avait gribouillé quelque chose avec un feutre. Elle m'expliqua que c'était un bonhomme qui se regardait le nombril. Quant à moi, je contemplais souvent mon croissant de lune en me posant toujours la même question : est-ce que je me souviendrais ?

Le professeur voulait faire un dernier discours à ceux qui partaient. J'étais en train de me diriger vers la bibliothèque quand j'aperçus Arianna à cheval.

Jusqu'à ce jour-là, quand je l'avais rencontrée, j'avais fait un détour pour l'éviter. La cabane de Mouche ou l'avion de Daniel me servaient à présent de maison. Mais cette fois-ci, j'attendis qu'elle s'approche à portée de voix. Quand elle fut à deux mètres de moi, je sifflai : « Traîtresse ! »

Elle s'arrêta. Elle fixait la crinière du cheval, tête baissée.

« Giulia, essaie de me comprendre… Il n'y a qu'ici que je suis bien !

– Je sais pourquoi tu te trouves si bien, ici. C'est parce que tu es de la même race que Daniel. » Je le dis fermement, sûre de moi, pour voir comment elle réagissait. Si elle sursautait, ou rougissait…

Elle leva la tête. « Qu'est-ce que tu veux dire par là ? »

J'étais sur le point de lui demander ouvertement si elle était une amie imaginaire, quand je me rappelai le serment fait à Daniel. Après l'avoir nommé, je ne pouvais plus parler sans trahir son secret. Je m'étais comportée comme une imbécile !

Je lui tournai le dos et m'éloignai sans un mot.

La seule chose qui me consolait était que la trace de sa morsure sur mon bras avait enfin disparu.

Le discours avait déjà commencé. Autour de la bibliothèque, la foule sur le départ était rassemblée. Je m'approchai.

« Vous avez bien compris ce que nous devons faire ? Nous devons donner l'exemple ! Le temps sur la Terre nous appartient ! tonnait le professeur.

– Mais comment saurons-nous si nous le perdons de la bonne manière ? demanda un enfant.

– En évitant de laisser la frénésie ambiante nous pousser à faire des choses qui ne nous appartiennent pas, qui ne sont pas nos véritables buts, et en recherchant les choses qui nous intéressent. Le temps perdu sert justement à ça : à découvrir qui nous sommes. Ne vous inquiétez pas : nous avons tous vécu sur cette île, donc nous saurons comment nous comporter.

– Moi pas dans clevasse ! cria Paola.

– Professeur, est-ce que je pourrai revenir dans l'île un jour, plus tard ? demandai-je.

– Seulement si tu ne peux vraiment pas faire autrement, ma chère Giulia. Mais tu vois, il vaudrait mieux laisser de la place aux autres. L'idéal serait d'instaurer un roulement permanent, un va-et-vient perpétuel de gens différents entre ce monde et l'autre. »

Il ne s'adressait pas seulement à moi ; ses yeux passaient d'un visage à l'autre, avec une tendresse spéciale pour chacun d'entre nous. Je me sentais blessée : moi qui avais toujours cru être sa préférée !

« Tous les êtres humains, continua-t-il, devraient essayer de se perdre au moins une fois au cours de leur vie pour passer quelque temps sur l'île du Temps perdu, car ici plus qu'ailleurs on peut écouter son cœur. »

Cette histoire de laisser de la place aux autres m'irritait. Je m'éloignai de la foule pendant que le professeur parlait encore, et je pris la direction du bosquet aux myrtilles. Je voulais en manger autant que possible, jusqu'à exploser. Voilà ce dont j'avais besoin : exploser.

Tout m'agaçait. Plus le moment approchait, plus j'étais mécontente. Je détestais l'idée de quitter l'île, de laisser Daniel, les longues nuits blanches, la recherche de friandises, la paix. J'aurais voulu pouvoir dire au revoir à tous mes coins préférés : les écueils où j'allais pêcher avec Daniel, le promontoire où trônait la statue de Zeus, la décharge pleine d'objets perdus.

Je marchais les yeux baissés, repensant à tout ce qui s'était passé, essayant d'imprimer dans ma mémoire le visage de ceux qui restaient. Il n'y avait que deux points sur lesquels je m'efforçais de ne pas arrêter mes pensées.

Le premier était la crevasse. Je me suis toujours demandé comment les parachutistes trouvent le courage de se lancer. Et nous, nous devions nous jeter en chute libre.

L'autre point était Arianna. J'avais tout raté, avec elle. J'avais même failli trahir Daniel. Même si je l'oubliais en retournant sur la Terre, eh bien, pour le coup, tant mieux.

« Giulia ! Giulia ! »

Walter courait derrière moi, haletant. Pauvre Walter, il semblait destiné à passer son temps à courir après quelqu'un. Je m'arrêtai à contrecœur pour lui permettre de me rejoindre. Je remarquai qu'il portait un rouleau de papier sous le bras.

« Giulia, où vas-tu ? Dépêche-toi, tu n'es pas encore habillée !

– Ah bon ? Et ça, c'est quoi ? » demandai-je, brusque, en indiquant la veste de smoking que je portais sur un sweat-shirt Mickey et une minijupe en lamé. Ces derniers temps, j'avais commencé à m'habiller plus en adulte.

« Mais où étais-tu quand le professeur a expliqué que vous deviez tous revêtir les vêtements que vous aviez quand vous vous êtes perdus ? »

Je haussai les épaules. « C'est si important que ça ?

– Évidemment ! Les vêtements que tu as trouvés sur la plage réapparaîtront Dieu sait où, à l'endroit où ils ont été perdus. Et toi tu n'aurais rien sur le dos !

– Je n'y avais pas pensé.

– Si tu réapparais toute nue, ça aura l'air bizarre ! »

Je fis signe que oui, résignée. Adieu, myrtilles.

« Et les tatouages ? demandai-je. Que diront les gens ?

– Personne ne va remarquer une petite griffure sur la main.

– Walter, c'est quoi ce rouleau que tu as sous le bras ? Le plan de l'île ?

– Oui.

– Tu l'as fini ?

– Oui.

– Passe-le-moi un moment. Tu as un crayon ? »

Je déroulai le plan et cherchai l'endroit à marquer avec un X.

« Ça, c'est le coin aux myrtilles, dis-je. Ce serait tellement dommage que personne ne le trouve après mon départ !

– Merci, Giulia. Tu es super ! Nous te serons éternellement reconnaissants. Mais dépêche-toi, maintenant, dans deux grondements exactement, la cérémonie va commencer. »

Deux grondements !

Deux grondements à peine me séparaient de la cérémonie pendant laquelle nous allions nous jeter dans la crevasse un par un, salués par les hourras de ceux qui restaient. Il allait même y avoir une musique d'adieu : Marina, qui savait jouer du violon, avait décidé de jouer avec d'autres personnes une partition de Beethoven trouvée à la décharge.

Une musique que personne au monde n'avait jamais entendue, puisque Beethoven lui-même était sourd et qu'il l'avait perdue avant d'avoir le temps de la montrer à qui que ce soit.

Je me mis à courir vers notre cabane. La jolie petite maison dans laquelle je n'habitais plus. C'était là que j'avais laissé mes vieux vêtements, ceux que je portais dans la mine.

La cabane était déserte. J'entrai et me mis à fouiller dans le bazar d'habits et de bibelots.

Nous en avions accumulé, des choses, avec le temps ! J'écartai un patin, plusieurs châles, des chapeaux, un kaléidoscope, une vingtaine de paires de lunettes de soleil, notre fameuse collection de rouges à lèvres. Quel désordre ! Qu'avait fait Arianna pendant mon absence ? Une orgie ?

Où est-ce que j'avais fourré mes vêtements ?

Je les retrouvai roulés en boule sous le matelas. C'est moi qui les avais mis là-dessous, en pensant que je n'aurais plus à les utiliser. Ils avaient l'air d'avoir servi de paillasson. Tant pis.

Je commençai à me déshabiller, mais j'étais tellement furieuse et agitée que je m'emmêlai dans le sweat-shirt Mickey, au point de m'étrangler à moitié. Ce fut mon propre rugissement de colère qui m'empêcha d'entendre que quelqu'un était entré. Je ne m'en aperçus que quand, haletante, je heurtai un corps humain.

« Giulia », dit une voix basse.

Je m'immobilisai, le sweat-shirt toujours sur la figure.

« Giulia.

– Va-t'en ! »

Le tissu m'était entré dans la bouche et ma voix ressemblait au cri d'un noyé. Je luttai contre le nœud de vêtements mais ne fis qu'empirer les choses. Je tapai du pied.

« Regarde.

– Va-t'en !

– Attends, je vais t'aider. »

Je n'avais pas tellement le choix. Je restai immobile, rugissante, pendant qu'Arianna me libérait en quelques secondes.

J'émergeai du sweat-shirt le visage en feu. Maintenant, j'allais pouvoir l'agresser. J'allais pouvoir la pousser hors de la cabane, en hurlant toutes les insultes qu'elle méritait.

Mais je ne le fis pas. Je demeurai sans bouger, bouche bée, à fixer la main qu'elle brandissait juste sous mon nez, paume ouverte, comme un policier enjoignant à quelqu'un de s'arrêter.

Sur sa paume apparaissait un petit croissant de lune violet.

« J'ai changé d'avis. Je viens avec toi », susurra-t-elle.

Elle souriait, la malheureuse. Elle avait le courage de sourire après toute la souffrance qu'elle m'avait infligée.

Elle se jeta à mon cou. Elle avait des bras fins, mais si solides, si réels !

Que pouvais-je faire ? Je lui rendis son embrassade.

« Comment se fait-il que tu aies changé d'avis ? demandai-je après l'avoir à moitié broyée contre ma poitrine.

– Giulia… Je viens de voir la tête de mon père !

– Mais qu'est-ce que tu racontes ?

– Elle flottait dans l'air… avec une expression tellement… tellement désolée. Il doit avoir perdu la tête à cause de moi !

– Mais Arianna, ton père n'est… »

Je me tus. Pourquoi mentait-elle ? Avait-elle oublié m'avoir dit que ses parents étaient morts ? Mais bon, si elle voulait me raconter un mensonge pour ne pas être obligée de m'avouer que rester dans l'île sans sa Giulia aurait fini par lui briser le cœur, ça ne me dérangeait pas le moins du monde. Je voulais bien lui laisser l'orgueil sauf. L'important, c'était qu'elle avait décidé de retourner sur la Terre avec moi.

Autour de la crevasse, une vraie foule s'était réunie. Toute l'île était là. Embrassades, larmes, rires. Arianna et moi nous tenions par la main.

Nous n'avions pas eu le temps de parler beaucoup dans la cabane. Elle m'avait demandé : « Qu'est-ce que tu voulais dire quand tu m'as dit que j'étais comme Daniel ? Tu avais un ton tellement bizarre !

– Rien, laisse tomber », avais-je marmotté pendant que le volcan faisait entendre sa voix une première fois.

Le temps pressait. Je m'étais habillée rapidement ; Arianna aussi avait revêtu l'élégante robe qu'elle portait dans la mine. Puis nous avions couru vers la crevasse, toujours en nous tenant par la main. De temps en temps, nous nous tournions l'une vers l'autre en souriant, pour nous rassurer.

« Écoute comme mon cœur bat fort !

– Écoute le mien ! »

« Giulia ! »

Je me retournai. Daniel, un peu en retrait, me faisait signe.

« Attends-moi une minute », dis-je à Arianna en lâchant sa main. Pour rejoindre Daniel, je dus me frayer un passage à travers la foule, mais à la fin j'arrivai près de lui.

« Tu partais sans me dire au revoir ? dit-il, un étonnement douloureux dans le regard.

– Non… » En réalité, la joie d'avoir retrouvé Arianna m'avait fait oublier Daniel pendant un instant. « Je t'écrirai. Je te le jure. Je laisserai plein de place sur le papier pour toi.

– Si tu réussis à t'en souvenir », fit-il, mélancolique.

Mon cœur se serra. Il avait raison. Le risque d'oublier tout de l'île malgré le tatouage n'était pas mince.

« Daniel… Je t'aime ! criai-je pendant que le second grondement vibrait dans l'air.

– Je t'aime aussi, Giulia. »

Je lui tirai un peu les cheveux et essayai d'en rire.

« Tu sais, il n'est pas dit que tu ne me voies pas réapparaître un jour ou l'autre ! Le professeur lui-même a dit que si on en a vraiment besoin… »

Il dégagea son visage et me regarda, très sérieux.

« Tu auras autre chose à faire que te perdre de nouveau.

– Ce n'est pas très difficile de se perdre, tu sais. Il suffit de marcher en pensant à autre chose, tourner à droite, puis à gauche, puis… »

Il me passa un doigt sur la joue. Elle était humide. Je reniflai et posai ma tête sur son épaule. Ses bras m'entourèrent.

Au loin jouaient les violons. Une musique douce, poignante. J'étais tellement habituée à entendre des musiques de ce genre dans les scènes d'adieu des films que j'eus un instant l'impression que la musique venait directement de nos cœurs.

« Eh, la cérémonie a commencé ! »

Je regardai autour de moi, perdue. La foule se pressait de tous les côtés. La musique se répandait dans l'air, pénétrante, très émouvante. C'était la musique d'adieu, le Beethoven inédit.

« Où est Arianna ? demandai-je. Tu la vois ?

– Non… Ah, si : ce n'est pas elle, là-bas ? »

C'est alors que je la vis. Sur le sol noir scintillant, dressée de toute sa petite taille, les pieds dans ses chaussures élégantes bien alignés contre le bord, elle me tournait le dos. Puis, sans que personne n'ait besoin de la pousser, elle fit un pas en avant, un petit saut, et elle disparut.

Pourquoi ne m'avait-elle pas attendue ? Nous avions prévu de nous jeter ensemble, en nous tenant la main !

Je taillai ma route à travers la foule à grands coups d'épaule. « Attends ton tour ! » cria quelqu'un. Je poursuivis mon chemin, bousculant les gens, jusqu'à la roche noire et lisse.

Elle était là. Nette comme un coup de couteau, plus noire que l'ébène, la crevasse infernale s'ouvrait devant mes yeux. Je me penchai vers l'abysse.

« Arianna ! » criai-je. Et, sans même réfléchir, sans l'ombre d'une crainte, je sautai.

24 août

Giulia, ma chère amie,

Ce matin, j'étais en train de monter en téléphérique, toute seule dans une cabine, et j'observais les cimes des sapins d'un vert très tendre, quand m'est venue une idée absurde et renversante. Une intuition exceptionnelle, comme tu dirais.

Voici : et si tout ce que j'ai raconté m'était arrivé, à moi aussi, il y a longtemps, quand j'étais encore une enfant ?

Cela expliquerait pourquoi je réussis si facilement à compléter ton récit avec des détails que tu ne m'as jamais donnés. Peut-être que je crois les inventer alors que je ne fais que les repêcher dans les profondeurs les plus sombres et secrètes de mon inconscient ?

En d'autres termes : et si j'avais séjourné dans l'île, moi aussi, sans m'en souvenir ?

J'ai brusquement quitté les sapins des yeux pour examiner la paume de ma main gauche.

Aucun signe.

Mais ça ne veut rien dire. Cela fait si longtemps. Peut-être que l'encre du tatouage n'était pas très bonne…

Si j'avais été dans l'île, j'aurais pu connaître ton amie Arianna. Je regrette de ne l'avoir jamais rencontrée. Je sais que maintenant elle habite au Costa Rica, et qu'elle s'occupe des animaux sauvages dans les parcs en compagnie de son mari, ce garçon qu'elle a rencontré dans l'île (ce Bruno dont tu étais légèrement jalouse).

P. S.
Le soir.

Il y a quelques minutes, j'étais en train de taper à la machine quand une toute petite fourmi s'est faufilée entre deux touches et a disparu sous la lettre F. J'ai interrompu mon travail en attendant qu'elle sorte de sous le clavier, mais elle n'a pas encore réapparu.

Est-ce qu'elle serait arrivée dans l'île, elle aussi ?

Le discours final du professeur : il était comme ça ou je l'ai fait trop rhétorique ?

S.

À LA MAISON

Avec un sursaut, je me retrouvai assise par terre, dans le noir. Contre mon dos, une paroi humide ; en bruit de fond, le *plop* de quelques gouttes tombant du plafond. Je me sentais comme après l'un de ces rêves où l'on tombe dans le vide.

J'étais dans la mine.

Oui, mais qu'est-ce qui m'était arrivé ?

Ah, oui. Je m'étais perdue, et en plus ma lampe ne marchait plus.

Avant que l'angoisse ait eu à nouveau le temps de m'envahir, j'entendis – amplifié par la voûte du tunnel – un bruit de pas et de voix.

« Giulia, Giulia !

– Je suis ici ! » criai-je, sans bouger. Je me sentais paresseuse, les pensées emmêlées, mais heureuse que la situation soit réglée.

Une minute plus tard, j'étais au centre du chaos le plus indescriptible. Une avalanche d'adultes se pressait autour de moi, m'étouffant. Ils parlaient tous ensemble. « Comment est-ce que tu te sens ? Qu'est-ce qui s'est passé ? Quelle horrible expérience ! Est-ce que tu as froid ? Tu nous as fait mourir de peur ! »

Une seconde plus tôt, le silence. Maintenant : vacarme et agitation. Je n'arrivais pas à prononcer un seul mot. J'examinais tous ces visages anxieux penchés sur moi. J'en connaissais certains, d'autres pas.

Ils me soulevèrent, et mon père me porta hors du tunnel. Je le laissai faire. Ça faisait des années qu'il ne me prenait plus dans ses bras, sous le prétexte que je pesais trop lourd.

« Ma petite fille, mon trésor ! » murmurait-il dans mes cheveux. « J'ai perdu la tête quand on m'a téléphoné pour me dire que tu n'étais pas sortie de la mine avec les autres. »

Cette phrase éveilla un écho étrange en moi. J'eus un frisson, et Papa me couvrit de baisers. Je gémis de plaisir.

Et puis je me souvins. Nous étions deux à nous être perdues !

« Où est Arianna ? Est-ce que vous l'avez retrouvée ? criai-je en me démenant dans les bras de Papa.

– Arianna ? Il y a une autre enfant qui s'est perdue ? demanda mon père en se tournant vers Massimo.

– Non. À ma connaissance il n'y a aucune Arianna dans notre école. »

J'expliquai : « Arianna ne va pas à la même école que moi. Mais elle s'est perdue, elle aussi.

– Il y avait une autre petite fille ? demandèrent plusieurs voix inquiètes.

– Oui, Arianna ! » confirmai-je.

Un policier s'avança. « Arianna comment ? Quel est son nom de famille ?

– Je ne sais pas. Mais elle était dans la mine.

– Nous avons reçu un appel d'un père désespéré, expliqua le policier. Sa fille Arianna a disparu on ne sait où. Est-ce que ton amie a dix ans ?

– Presque onze. Mais ça ne peut pas être elle, Arianna est orpheline.

– Envoyez une équipe pour vérifier ! »

Des ordres furent donnés.

Nous sortîmes à la lumière du soleil. Je clignai des yeux, éblouie. « Quelle heure est-il ? » demandai-je en me dégageant. Papa s'était déjà essoufflé en parcourant le chemin jusqu'à la sortie, et maintenant il me portait toute de travers.

« Trois heures. Tu dois avoir une faim de loup.

– Pose-moi par terre.

– Tu es sûre de pouvoir tenir debout ?

– Mais oui, je vais bien ! »

D'autres hommes sortirent de la mine. L'un d'eux avait dans les bras un gros fagot enveloppé dans une couverture. Un autre parlait dans son téléphone portable.

« Arianna ! »

La couverture bougea, et je vis émerger un coude, puis une main que je courus attraper.

La tête d'Arianna sortit de l'enveloppe rugueuse, pâle et souriante. Elle tendit le bras pour que nous puissions entremêler nos doigts.

« Salut », dit-elle. Elle restait recroquevillée contre la poitrine du policier, enveloppée par la couverture, comme une toute petite fille. « Le bébé chauve-souris a retrouvé ses parents. Je pense que c'étaient vraiment eux.

– Bien. Je suis contente pour lui. Vraiment contente. Supercontente. »

J'exagérais sous l'effet de la joie du moment.

« Tu sais qu'il paraît qu'il y a une autre Arianna qui s'est perdue, et que son père la cherche partout ? »

Dans les bras du policier, Arianna s'agita, faisant tomber la couverture. Elle était devenue rouge comme une cerise.

« À plus tard », dit-elle en lâchant ma main. Puis elle murmura quelque chose à l'oreille du policier. Il fit signe que oui, nous salua avec un signe de tête, ramassa la couverture, et se dirigea à grands pas vers une voiture de police, emmenant Arianna. Une seconde plus tard, la voiture était partie.

Papa me rejoignit. « Ce n'est pas la peine de rester ici plus longtemps, tu ne crois pas ? Ton amie est déjà en route vers chez elle. Heureusement que ta mère n'était pas là quand le coup de téléphone est arrivé, elle ne sait pas encore ce qui s'est passé. Moi aussi, je l'ai su assez tard. Si je pense à l'inquiétude de ce père… Le pauvre ! Allez, rentrons, Maman doit être à la maison à nous attendre.

– Mais ce n'est pas son père », dis-je distraitement.

C'était bien le genre d'Arianna de me planter là sans un mot d'explication, quand elle en avait envie. Je n'étais pas une chauve-souris, moi, elle n'avait pas besoin de prendre soin de moi. J'étais blessée.

À la maison, dès que Maman connut l'histoire, je fus accablée de reproches.

« Mais qu'est-ce qui t'a pris de t'éloigner des autres ? Papa m'a dit qu'ils t'ont cherchée pendant trois heures, les gens de l'école, les pompiers, la police… »

Pour me défendre de Maman qui riait, pleurait, et m'étranglait d'embrassades hystériques, je me réfugiai dans la salle de bains. « Je veux me laver avant de manger, déclarai-je. Non, toute seule ! Je peux me déshabiller toute seule ! Je ne suis plus un bébé ! »

Je fermai la porte à clef, et en tournant le robinet je m'aperçus que je m'étais griffé la main. Sur la paume apparaissait un signe violacé, ressemblant un peu à une petite barque. Je devais avoir touché quelque chose dans la mine. J'espérais que ce n'était pas un objet rouillé. La rouille sur les blessures est dangereuse. Après le bain, il faudrait que je demande à Maman de me désinfecter. Je fis couler l'eau ; je voulais que la baignoire soit pleine à ras bord.

Pendant que j'attendais, je regardai à nouveau la griffure. Si j'inclinais la paume, elle ressemblait à un croissant de lune. Avec la paume dressée, à une barque très primitive.

Je commençai à me déshabiller, puis je m'arrêtai, la main en l'air.

L'eau continuait à couler, et je restais là, immobile sur le tapis de bain. Je regardais ma main. Je passai un doigt sur la blessure.

Ce fut comme si j'avais ouvert une porte. Comme quand, pendant la journée, on touche un objet et que d'un seul coup nous revient en mémoire un rêve récent dans lequel cet objet prenait place.

Il était bien question de griffure, de barque ! J'avais sous les yeux le croissant de lune que j'avais moi-même choisi comme symbole du farniente !

Le volcan.

L'île.

Daniel.

Le professeur.

Les cannibales.

Arianna.

Tout me revenait en mémoire. Tout remontait à la surface.

Je me rappelai également le doute que j'avais eu à propos d'Arianna qui était peut-être une amie imaginaire.

« Mais non, plus réelle que ça, ce n'est pas possible ! dis-je à voix haute. Plein de gens l'ont vue ! Un policier l'a même prise dans ses bras ! »

Et le père qui la cherchait ?

Voilà qui me désorientait.

Je pénétrai dans la baignoire. Pense avec logique, Giulia ! Fais comme si tu avais sur le front le bandeau rouge de la concentration !

Arianna m'avait dit avoir vu la tête de son père flotter dans les airs.

Un père inquiet la cherchait sur la Terre, et avait même appelé la police.

Et quand j'y avais fait allusion, elle avait rougi.

Si Arianna était une amie imaginaire… alors je l'avais inventée, et à son tour elle s'inventait un père. Et elle réussissait à le faire vivre pour de vrai ? Comme j'avais fait, moi, avec elle ?

Est-ce que nos esprits étaient si puissants que ça ? Au point de transformer le rêve en réalité ?

Ou bien est-ce qu'Arianna n'avait jamais été une amie imaginaire ?

« Sors de là ! Le déjeuner refroidit ! » cria Maman.

Je décidai immédiatement de commencer à mener la croisade pour laquelle j'étais revenue sur la Terre : prendre son temps. Je ne répondis pas.

J'entendis quelques mots échangés derrière la porte : « Tu vas la gâter… Non, elle est encore bouleversée… expérience traumatisante… je lui parlerai plus tard… laisse-la tranquille… » Puis Papa frappa à la porte. « Giulia, je te laisse ton assiette là. Nous, nous avons déjà mangé. »

Papa a exagéré, remarquai-je. Il n'a pas *vraiment* perdu la tête, sinon je l'aurais vue flotter dans le ciel de l'île, comme Arianna. Ça, c'est un père qui s'inquiète : capable de sortir de sa tombe pour récupérer sa fille !

Je sortis de la baignoire en coup de vent, j'ouvris la porte, j'attrapai l'assiette fumante, et je la posai sur le bord de la baignoire pour pouvoir manger dans l'eau.

Je rentrai dans mon bain et j'y restai deux heures.

26 août, matin tôt

Giulia, je suis vraiment déprimée.

De nouveau ce rêve. Il ne m'avait jamais persécutée à ce point. Au réveil, j'ai essayé de penser à mon enfance. Pourquoi est-ce que je ne me souviens de rien ?

Mes parents adoptifs disent qu'au début j'étais une enfant impossible, avec des crises de violence et une tendance à la fugue. Quand ils m'ont adoptée, j'étais déjà grande. Ma vie d'avant : un trou noir.

Quand nous nous sommes rencontrées, tu m'as interrogée avec beaucoup de patience, mais inutilement.

Je ne me souviens pas, tout simplement.

Soir.

Aujourd'hui, il a plu toute la journée. J'ai travaillé comme une folle, parce que j'espère finir le roman avant la fin du mois, date à laquelle s'arrête la location du chalet.

Ce soir, j'ai allumé un feu dans la cheminée : on gelait. Très vite, la maison a été pleine de mouches. Elles sont entrées pour se protéger du froid, j'imagine.

C'est bizarre : depuis que l'action s'est déplacée de l'île au monde de tous les jours, je ressens un certain détachement par rapport au roman. C'est surtout en décrivant les histoires de l'île que j'ai éprouvé cette sensation de déjà-vu. Comment l'expliques-tu ?

Love,
S.

UN AUTRE SECRET

Dans les deux jours qui suivirent, je ne revis pas Arianna. Elle ne vint pas aux jardins où nous nous rencontrions d'habitude, ni chez le marchand de glaces, ni devant le magasin d'animaux où elle se tenait souvent.

Je me sentais un peu confuse à son égard. J'avais même songé à essayer de retrouver la trace du policier qui l'avait emmenée : il devait savoir où elle habitait, puisqu'il l'avait raccompagnée chez elle.

Et pourtant, si Arianna n'était nulle part, c'était qu'elle m'évitait. Je ne comprenais pas. C'était toujours elle qui me cherchait, en général. Qu'est-ce qui se passait ?

Une fois sortie de mon bain, j'avais décidé de cesser définitivement de jouer avec l'idée qu'Arianna était une amie imaginaire. Les amis imaginaires sont invisibles, alors qu'Arianna, tout le monde l'avait vue, même mon père. Mais enfin, il restait pas mal de mystère autour d'elle.

La fin de l'école approchait. Je devais travailler. Il y avait beaucoup d'agitation, tout le monde était excité : les enseignants, mes parents, mes camarades. Ils risquaient de me contaminer, alors que c'était moi qui devais être contagieuse.

Mais comment ?

Je décidai d'écrire à Daniel, pour me tenir en contact avec l'île.

J'écrivis une lettre de trois pages. Je n'avais écrit que d'un seul côté de chaque feuille, pour laisser de la place à sa réponse. Je lui décrivais minutieusement un concours que j'avais organisé pour découvrir pourquoi il y avait toujours au moins une fourmi qui va à contre-courant dans les longues files de collègues forcenées qui courent toutes à la queue leu leu dans la cour de l'école, et aussi comment j'avais été grondée pour avoir convaincu des enfants d'interroger des arbres plutôt que de s'informer grâce aux livres, parce que les arbres savent toujours tout.

Je lui parlais des nouvelles lues dans les journaux. Partout dans le pays, on avait retrouvé des personnes qui avaient été portées disparues. Il y avait eu tellement de réapparitions que c'était devenu un fait national. Un article parlait d'une « saison de retrouvailles due à des influx solaires ». Quelques-unes des personnes s'étaient perdues depuis plusieurs semaines, ou même plusieurs années, d'autres pendant quelques heures, comme moi.

Le cas dont on parla le plus longuement fut celui du physicien nucléaire. Il avait été retrouvé dans un monastère par un journaliste passé par là par hasard. Les moines niaient l'avoir jamais vu, et le professeur n'avait rien expliqué. D'autres gens avaient été retrouvés grâce aux indiscrétions de téléspectateurs regardant un programme sur les personnes portées disparues.

La plupart étaient tout simplement sortis du néant, avec les mêmes vêtements qu'ils avaient en se perdant. Personne ne savait comment ils avaient survécu. Ils ne donnaient aucune information.

Parmi les réapparitions, une grande quantité d'enfants. Je cherchai en vain des nouvelles d'une certaine Mouche. Je ne connaissais même pas son vrai nom. Qui aurait pu imaginer qu'elle me manquerait ?

Aucun journal ne parla des tatouages.

Quand j'eus fini ma lettre, je la glissai dans une enveloppe et j'écrivis dessus en lettres capitales POUR DANIEL, de manière que le premier enfant qui la retrouve à la décharge la lui remette. Puis je réfléchis à la meilleure manière de la perdre. Je ne pouvais pas me contenter de l'abandonner dans un coin et faire semblant d'oublier où je l'avais mise. Cela n'aurait pas marché. Je devais la perdre pour de vrai.

En attendant qu'une idée me vienne, je sortis pour aller m'acheter un maillot de bain pour les vacances. Je voulais le choisir moi-même : Maman avait des goûts horribles. C'était toujours mieux quand elle se contentait de débourser l'argent.

Je courus vers la boutique Rose Séduction et j'examinai la vitrine. Il y en avait bien un de ma taille, mais il était plein de dentelles, et en plus il était rose !

Quelqu'un s'arrêta derrière moi pour regarder les vêtements exposés. Je vis le reflet dans la vitrine. Je me tournai lentement.

Par où devions-nous commencer ?

« Salut, dis-je.

– Salut. »

Elle me montra la vitrine.

« Mignon, non ?

– Quoi ?

– Ce maillot de bain. »

J'ouvris la bouche pour parler, puis je la refermai.

« J'aimerais bien l'essayer. » Elle eut un petit rire. « Tu te souviens de celui en tissu-éponge que tu avais trouvé ? Celui qui ne séchait jamais ? »

Donc Arianna aussi se souvenait de l'île du Temps perdu. Il était impossible d'oublier ce maillot de bain.

« Tu veux entrer ? demandai-je avec un demi-sourire.

– Oui ! »

Je redevins sérieuse. Sévère, même. « Tu peux me dire pourquoi tu ne t'es pas montrée pendant ces deux jours ? Et pourquoi tu t'es jetée dans la crevasse sans moi ?

– Je peux t'expliquer », fit-elle avec un sourire charmeur. « À la cérémonie d'adieu, pendant que tu allais dire au revoir à Daniel, j'ai rencontré Bruno. Il avait un renardeau roux dans les bras. Tu comprends… ses yeux me suppliaient de ne pas partir. Je sentais que si je restais sur l'île une minute de plus, j'aurais été capable de changer d'avis.

– Je comprends », dis-je, même si en réalité je ne comprenais pas si les yeux suppliants étaient ceux de Bruno ou du renardeau. Je voulais lui demander ce qu'il en était de son père, et aussi dire quelque chose à propos de sa manière de me planter là avec un « À plus tard » pour filer avec le policier, mais rien de suffisamment sarcastique ne me vint à l'esprit. Donc je me tus.

Arianna me regarda bizarrement, comme si elle voulait ajouter quelque chose, puis elle demanda : « On entre ? »

Nous y allâmes, mais Arianna renonça tout de suite au maillot de la vitrine : il lui pendait sur les flancs comme une glace en train de fondre. Elle en choisit un autre, d'une seule pièce, rouge feu. J'essayai le même en vert émeraude.

Nous nous étions enfermées ensemble dans la cabine d'essayage. Nous nous contemplâmes dans le miroir. Nous étions magnifiques : moi avec ma frange noire et mes épaules carrées, elle blonde et fine ; moi presque bronzée (je suis comme ça même en hiver, on appelle ça une peau mate), elle toute blanche, avec une de ces peaux qui semblent presque transparentes.

Je la pris sous le bras. Nous nous dandinâmes un peu en faisant des grimaces. Les grimaces d'Arianna étaient moins convaincantes que les miennes : en réalité elle se mordait surtout les lèvres en me regardant.

J'aurais préféré me couper un pied que de lui poser une question. Mais c'était vraiment difficile de résister : j'étais tellement gonflée de curiosité que je risquais d'exploser dans mon maillot vert. Voilà pourquoi j'essayais de me défouler en parodiant le cancan. Mais Arianna ne me suivait pas.

Nous payâmes. Sur le seuil du magasin, Arianna se tourna vers moi.

Son visage était devenu de marbre. Blanc et inexpressif comme… comme si elle avait enfilé un bas de nylon sur sa tête.

« Giulia, je veux te dire un secret. »

Mon cœur s'arrêta de battre.

« Oui ? dis-je avec une toute petite voix.

– Mais attention, après tu ne voudras peut-être plus être mon amie.

– Qu'est-ce que tu racontes ? Tu es folle ? »

Elle hésitait, regardant le sac qu'elle balançait à bout de bras.

« Arianna, il n'y a rien que tu puisses… »

Elle m'interrompit. « Viens avec moi ! »

Une expression résolue était apparue sur son visage, effaçant la raideur précédente. Elle me tira le long du trottoir jusqu'au bout de la rue.

Où m'emmenait-elle ? Je n'osais pas poser de questions. Nous marchions vite, nous courions presque, sans parler. Je la suivais, mon cœur battant à toute allure : je ne l'avais jamais vue aussi agitée et déterminée. J'avais envie de faire pipi, mais je le gardai pour moi, de peur d'interrompre cette course vers l'inconnu.

Enfin, elle s'arrêta.

« Tu vois, là ? » Elle m'indiquait le trottoir d'en face, avec un portail entre un marchand de fruits et légumes et une boucherie.

« Le portail ?

– Non, pas ça. La boucherie. »

La rue n'était pas très large, et il y avait peu de voitures. À travers la vitrine aux poulets suspendus, je pouvais voir toute la boutique. Une femme avec une enfant dans sa poussette était en train d'acheter quelque chose.

« Cette femme ?

– Non. Le boucher. » Elle hésita, puis d'une voix à la fois attendrie et lugubre, elle ajouta : « C'est mon père. »

Je jure que je faillis éclater de rire. Je pensais que c'était une plaisanterie. Heureusement, je n'en fis rien : j'aurais fait la plus belle gaffe de ma vie.

« Ton père », répétai-je d'une voix plate. Puis je le répétai : « Ton père ! Exceptionnel ! » Cette fois, j'y mis une bonne dose d'enthousiasme.

« Oui. Il n'est pas mort.

– Bien sûr. »

Même si personnellement, je n'avais rien contre un père vivant qui vendait des biftecks, je me sentais légèrement déçue. Pas beaucoup, juste un peu, un sentiment facile à cacher.

Arianna se tourna et me regarda. « Quand j'étais petite, nous vivions à la campagne, puis ma mère est morte et mon grand-père aussi. Papa et moi sommes venus vivre en ville. La boucherie, il l'avait héritée de son père. Moi... moi je ne lui pardonnais pas de m'avoir fait une chose pareille. » Elle se tut un moment, puis elle se remit à parler vite, à toute vitesse, comme si elle se libérait d'un grand poids. « Je le détestais presque. Il se moquait de moi parce que je suis végétarienne. Il disait que ce n'est pas beau, pour une fille, d'avoir honte de son père. Surtout quand ce père l'adore et lui achète tout ce qu'elle veut. Il aurait voulu que j'invite mes amis à la maison, mais je n'ai jamais invité personne. Je t'ai dit qu'il était mort pour ne pas avoir à te le présenter.

– Oh, Arianna, murmurai-je. Je suis contente qu'il ne soit pas mort. Vraiment. Ça me fait plaisir. » Je me rendis compte que je pensais sérieusement ce que je disais.

« Le jour où je t'ai rejointe à la mine, nous nous étions disputés. Je lui avais dit... je lui avais dit qu'il me faisait horreur avec son tablier ensanglanté. »

Je scrutai l'intérieur de la boutique. Le tablier du propriétaire me semblait parfaitement propre, mais je ne voulus pas la contredire.

« Puis je me suis enfuie sans lui dire où j'allais. Après ça, nous nous sommes perdues. J'étais tellement bien sur l'île, sans boucheries. C'est pour ça que je ne voulais pas revenir ici. Mais quand j'ai vu sa tête flotter dans les airs... C'était horrible de voir à quel point il était désespéré !

Je la serrai contre moi. « Ton père t'aime beaucoup, murmurai-je.

– Oui. Trop, même. Maintenant, nous sommes arrivés à un accord.

– Lequel ?

– Je ne suis pas obligée de rentrer dans la boucherie, et il ne doit plus se moquer de moi quand je me contente de manger des légumes. En échange... je lui ai promis de lui faire connaître mes amis. C'est-à-dire toi. » Elle me regarda avec anxiété. « Ça ne t'embête pas ? Il m'a fallu deux jours pour trouver le courage de te le demander.

– M'embêter ? Moi ? Je n'ai rien contre les bouchers, tu sais. Je te signale que j'aime la viande, moi. Je serais ravie de faire sa connaissance. Il a l'air sympathique. »

Elle poussa un grand soupir de soulagement. Elle sourit. « Tu sais, le problème c'est que j'ai toujours eu l'impression que tu me voyais comme quelqu'un de spécial. J'ai tout fait pour que tu m'idéalises. »

C'était le moment de lui faire ma propre confession.

« Arianna, tu es tellement parfaite à mes yeux que j'en suis arrivée à me demander si je ne t'avais pas inventée. C'est vrai, tu sais. Je pensais que tu étais peut-être une amie imaginaire. »

Voilà, je l'avais dit, et sans trahir Daniel. « Mais ça me va très bien que tu aies un père boucher », ajoutai-je rapidement. « Mon grand-père était chasseur. Il tuait pour s'amuser. C'est bien pire d'être chasseur que d'être boucher. »

Nous nous sourîmes.

« Giulia, tu peux venir à la maison demain ? À trois heures, quand Papa est à la maison ?

– Parfait. Comme ça nous en profiterons pour lui demander si tu peux venir à la mer avec nous cet été. Tu penses qu'il dira oui ?

– Je pense qu'il dira oui. »

Nous nous éloignâmes lentement de la boucherie. Nous parlâmes de la fête de nos onze ans et du stand que nous allions monter sur la place. Nous n'avions plus grand-chose à vendre. Des jus d'oranges pressées, bien sûr, et puis des magazines de l'an passé et des tee-shirts devenus trop petits pour nous.

Le goûter chez Arianna fut agréable. Son père, à la maison, n'avait pas du tout l'air d'un boucher une fois son tablier blanc ôté. C'était un homme grand et gros, l'un de ces pères tranquilles et un peu timides. Et puis il y avait la grand-mère, une petite vieille énergique et minuscule. On avait du mal à croire que c'était la mère de ce géant.

Ils étaient au septième ciel : Arianna avait invité une amie à la maison !

« Encore quelques biscuits, mademoiselle Giulia ?

– Merci. »

Personne ne m'avait jamais appelée « mademoiselle Giulia ». Ce devait être un père parfait. Quand, dès mon arrivée, j'avais invité formellement Arianna à la mer, il avait tout de suite donné son accord, à condition que cela ne dérange pas mes parents. Et pourtant, cela se voyait comme le nez au milieu de la figure que l'idée d'être séparé de sa fille pendant un mois ne lui souriait pas.

« Alors, l'année prochaine, toi et Arianna irez dans la même école ? demanda la grand-mère en me versant encore un peu de thé.

– Oui. » Je savais que ce point faisait partie de l'accord entre Arianna et son père.

« J'ai dit à Arianna qu'à l'automne je lui paierai des leçons d'équitation, dit-il. Elle aimait tellement aller à cheval quand nous vivions à la campagne !

– Tu ne fais que la gâter, rouspéta la grand-mère. Elle va finir par se prendre pour une princesse.

– Mais Arianna sait déjà monter à cheval ! intervins-je.

– Elle a sûrement oublié. Ça fait tellement longtemps qu'elle n'en a plus fait.

– Oui, j'ai dû oublier un peu... mais pas complètement », dit Arianna en battant cinq fois des cils.

Je compris tout de suite et répondis par d'autres battements de cils. Si je ne voulais pas trahir le secret de l'île, je ne pouvais pas raconter que j'avais vu Arianna chevaucher magnifiquement.

« Si seulement cette enfant voulait bien manger de la viande… Pas tous les jours, d'accord, mais…

– Papa ! Tu m'avais promis !

– C'est vrai, mais…

– Vous n'allez pas recommencer, tous les deux ! Et devant une invitée, en plus ! » fit la grand-mère.

L'invitée, c'était moi.

Arianna se serra contre son père. « Je te promets que je grandirai quand même ! » Elle l'embrassa.

C'était une idylle.

« Papa, Giulia recueille des phrases d'auteurs célèbres qui parlent des avantages de la paresse. Tu en connais ?

– Une citation ? Si j'en connais une ? Mais pourquoi sur la paresse ?

– Parce que c'est important, répondis-je. La paresse, l'oisiveté…

– Attendez un instant », fit-il en se levant d'un bond, excité. Peu après, il revint avec un cahier tout chiffonné.

« Il doit y en avoir… » Il feuilleta quelques pages. « Ah, voici, Dostoïevski, *Carnets du sous-sol.* "Un paresseux ! Mais c'est un titre, une mission, c'est toute une carrière ! Ne riez pas, c'est ainsi." » Il me regarda. « C'est ce genre de chose que tu cherches, Giulia ? »

Je fis signe que oui, un peu étonnée. « Elle est parfaite, dis-je. Je dois la noter.

– Attends une seconde ! » Il tourna la page. « Écoute

celle-là. Elle est de Henri Michaux. "Quantité de personnes ont ainsi une âme qui adore nager. On les appelle vulgairement des paresseux." Ça peut t'être utile ? Il y en a d'autres…

– C'est plein de phrases sur la paresse ? » demandai-je en indiquant le cahier, impressionnée.

« Non, pas du tout. J'aime bien recueillir des citations sur les livres que je lis. Il y en a sur l'amour, sur la pluie, sur les voyages, sur l'amitié…

– Mon fils a l'habitude d'envelopper ses faux-filets dans des feuilles de papier sur lesquelles il recopie une phrase du cahier, expliqua la grand-mère qui avait remarqué mon étonnement.

– Cela rend mon travail plus poétique, se justifia timidement le boucher.

– Mais quels drôles de devoirs ils vous donnent, à l'école ! » marmonna la grand-mère.

Arianna se serra contre son père. « Mais Mamie, c'est une mission !

– Une mission… répéta le boucher. Comme j'aimerais être un peu paresseux, moi aussi, prendre des vacances…

– Et pourquoi tu ne le fais pas ? s'écria Arianna.

– Le magasin… l'argent…

– Oh, Papa ! Je peux renoncer à mes beaux vêtements ! Je peux même renoncer à mes cours d'équitation, si tu prends des vacances ! »

Il secoua la tête. « Non, ça non, mais… »

Il nous regarda. Il sourit.

« Qui sait, dit-il. Qui sait. »

27 août

Giulia, mon amie,

Je n'arrive pas à croire que j'ai terminé mon livre. J'ai encore quatre jours à ma disposition pour écrire l'épilogue, qui est déjà clair dans mon esprit.

Le manuscrit est sur la table à côté de moi. Si je le soulève, je peux sentir comme il est lourd : plus de 200 pages pleines de mots.

Écrire est une grande thérapie. Cela aide à comprendre toutes sortes de choses sur soi-même. Même quand le héros est quelqu'un d'autre.

Je t'aime tant, Giulia. Merci de m'avoir raconté ton histoire. Maintenant, je suis sûre qu'elle est entièrement vraie.

À toi,

S.

ÉPILOGUE

Il y avait du vent sur la plage. Je courais à grandes foulées rapides et heureuses, vêtue de mon maillot vert émeraude. Pour que mon plan réussisse, je devais courir très vite.

Ma lettre était coincée entre la plante de mon pied et la sandale de plastique. Les sandales étaient grandes, et en les fermant j'avais fait attention à ce qu'un bout de l'enveloppe dépasse.

L'air me fouettait la figure, emmêlant ma frange. Le sel de la mer se posait sur mes lèvres. Je me concentrai sur ce goût pour oublier l'enveloppe.

Le littoral était désert. Seules quelques mouettes, ici et là, laissaient de minuscules empreintes sur la plage mouillée. Comme ce sable était clair à côté de celui de la décharge !

« Ne ralentis pas, Giulia ! » criai-je en bondissant encore.

Quand je sentis que mon cœur était sur le point d'exploser, je m'arrêtai, et, haletante, je baissai le regard vers mes sandales.

La lettre n'y était plus.

« Je l'ai perdue ! » criai-je triomphalement.

Combien de temps fallait-il qu'elle reste perdue ? Une minute ? Deux ?

Je m'assis sur le sable, regardant la mer. Les vagues étaient longues, régulières, bruissantes. Je mis les pieds dans l'eau. Pour plus de sûreté, j'attendis cinq minutes. À combien de jours dans l'île équivalaient cinq minutes terrestres ? Je cherchai à calculer. Dans la mine, je m'étais perdue pendant environ trois heures. Pendant ces trois heures, combien de jours avais-je vécu sur l'île ? À combien de couchers de soleil interminables avais-je assisté ? Je me rendis compte qu'il m'était impossible de le dire avec précision. Cela n'avait aucune importance : j'étais sûre que cinq minutes valaient au moins une semaine.

Pendant que je faisais mes calculs me revint en mémoire un article dans le journal que Papa m'avait montré le matin au petit déjeuner. Le titre était : UN NAVIRE RUSSE RECUEILLE UN NAVIGATEUR PERDU. Il y avait la photo en couleurs d'un type jeune, bronzé, avec des yeux d'un bleu électrique.

Le navigateur solitaire ! Je pouvais enfin voir la tête qu'il avait.

Disparu depuis des années avec son bateau à voile, il était réapparu deux jours plus tôt dans l'océan Atlantique. Un navire marchand russe l'avait recueilli à son bord. Il ne semblait pas du tout mort de faim. Quand on lui avait demandé comment il avait fait, il avait répondu, laconique : les langoustes. Un mystère qui avait suscité de grands débats parmi les chercheurs et les océanographes. Mais moi, je savais qu'il voulait parler des langoustes que lui fournissait Daniel.

Bien. Donc lui aussi était revenu. Avec son vagabondage éternel dans les étendues maritimes de la planète, il allait être très utile sur la Terre, comme symbole de liberté. Papa lui-même s'était exclamé : « Quelle chance il a ! De temps en temps, moi aussi j'ai envie de tout vendre, de vous emmener toi et ta mère et de m'en aller de par le vaste monde.

– Allons-y ! » m'étais-je exclamée.

Papa avait secoué la tête. « Un jour, qui sait. »

Je me levai en soupirant. Nous autres, les paresseux missionnaires, allions devoir travailler avec beaucoup de patience, jour après jour, pour transformer tous ces « qui sait » en réponses plus concrètes.

Je revins lentement sur mes pas, suivant les empreintes de mes sandales. Je fis le chemin une bonne demi-douzaine de fois. Aucune trace de la lettre. Est-ce qu'elle n'avait pas été remise à Daniel ? Ou bien avait-il été paresseux au point de ne pas me répondre tout de suite ?

Une vague plus grosse que les autres, couvrant la plage sur une longue étendue, m'arrêta. Quand elle se retira, je la vis.

L'enveloppe, imbibée d'eau, était à deux mètres de moi. Je courus la ramasser avant qu'une autre vague ne l'enlève à nouveau.

Je m'assis pour lire. L'eau de mer avait effacé le nom du destinataire sur l'enveloppe. Je l'ouvris.

« Cher Daniel, me voici arrivée saine et sauve… » Je sautai la partie que j'avais écrite moi-même pour tourner la feuille. C'était difficile, parce que le papier était mouillé et taché. De plus, je devais tenir la lettre fermement pour que le vent ne l'emporte pas.

Derrière la première page, la feuille était recouverte par une écriture large croisant mes propres phrases qui apparaissaient en transparence sur le papier mouillé. Pas facile de déchiffrer ce texte composé de taches lavées par l'eau.

« Ch... ...iulia, ici sur ...île... les choses vont ...ieux. Ne t'...quiète pas pour les cannib..., ils s'amélio... . Mouch... ...éjà revenue. Mais Paola, bada... dan... clevas... deux jours apr... vous. Le naviga... ...taire ...ssi : il a débarqué et tout ... suite il s'est jet... ... ...evasse. Même Bruno dit ... veut retourner ... Terre un jour pour retrouv... Arian... . Pas de nouvelles fumero... . Tu me manques ...coup. Je t'aim... . Dan...l. »

Voilà tout. Le verso des deux autres feuilles était blanc.

« Tu ne t'es pas foulé, dis donc ! » murmurai-je, irritée. Mais ensuite je me remémorai que Daniel avait appris à écrire en autodidacte, sur l'île ; ces quelques lignes à elles seules avaient dû lui prendre beaucoup de temps.

Tant pis. La prochaine fois, je lui dirais de m'écrire davantage, sans faire attention aux fautes. Et je ne perdrais pas la lettre au bord de l'eau.

Je m'allongeai sur le sable en attendant Arianna. Elle n'avait pas pu partir avec nous, parce que sa grand-mère avait été un peu malade et son père lui avait demandé de rester en ville deux jours de plus. Mais elle avait téléphoné ce matin : elle allait nous rejoindre dans la journée, par le train de onze heures. Mon amie princesse dont le père était boucher. Nous allions nous amuser, avec notre stand sur la place.

Je regardai le ciel. L'un des nuages ressemblait à Paola, avec son casque. Un autre, très allongé, aurait pu être le professeur. L'un des cumulus, le plus gros de tous, illuminé par le soleil, était semblable à la statue de Zeus couverte d'huile. Je voyais les Victoires ailées, les sphinx du trône, et la couronne de rameaux. Seul le visage demeurait dans le vague. Le nuage, à cet endroit-là, ne dessinait aucun trait.

C'était un nuage blanc, et voilà tout.

Et déjà, le vent le transformait.

29 août

Chère Giulia,

Pour lire cette lettre, je t'en prie, assieds-toi, sinon tu pourrais bien tomber par terre de surprise.

Aujourd'hui, j'ai eu une révélation.

C'est arrivé ce matin, pendant que je terminais l'épilogue. Les mouches commençaient à m'agacer sérieusement. Elles bourdonnaient partout dans la maison, m'empêchant de me concentrer. J'ai donc décidé de les chasser à coups de livre. Bien entendu, elles s'envolaient et allaient se poser ailleurs.

Sauf une, qui semble endormie. Elle reste immobile près de ma machine à écrire. Je suis sur le point de la charger avec mon arme improvisée, mais je m'arrête, la main en l'air.

Elle est grosse, noire, parfaite. On l'a dit : on peut découvrir l'harmonie de l'univers entier dans une mouche, dans la danse du soleil.

« Mouche ! Mouche ! »

Ce n'est pas moi qui l'appelle. C'est une voix à l'intérieur de ma tête. Plusieurs voix, même.

« Mouche ! Mouche ! »

Parmi ces voix se trouve aussi la tienne.

Elles n'appellent pas l'insecte qui est devant moi. C'est moi qu'elles appellent.

Et revoici mon tic au cou.

C'est à ce moment-là que j'ai compris. Tous les morceaux se sont assemblés.

Tiens-toi bien, Giulia. JE SUIS MOUCHE.

Ma mémoire est revenue.

Tu veux savoir ce que je ressens ? De l'effroi, et de la joie pour avoir retrouvé mon enfance.

J'ai vécu sur l'île, enfant. J'ai joué avec toi et Arianna. Combien je t'enviais, à l'époque, en te voyant si sûre de toi ! Comme j'étais jalouse de ton amitié pour Arianna ! Je faisais des allers-retours entre l'île et la Terre parce que j'étais une enfant angoissée. Quand on vit dans un orphelinat, on est forcément un peu angoissé.

Tu sais comment j'ai fait pour deviner le secret de Daniel ? Je m'étais cachée derrière la cabane pour vous espionner, et j'ai entendu tout ce qu'il te confiait. Je ne sais pas pourquoi je me comportais comme ça. J'étais une petite fille malheureuse.

Contrairement à toi et à Arianna, une fois de retour sur la Terre, je ne me suis souvenue de rien concernant l'île. Maintenant, je sais pourquoi, puisque je viens de l'écrire dans le livre : j'avais refusé le tatouage par peur de l'aiguille.

Quant à toi, tu m'avais toujours parlé de Mouche avec un peu de réticence et d'agacement, comme d'une casse-pieds. Tu n'étais pas attirée par elle. Comme tout le monde, d'ailleurs. Du coup, quand j'ai parlé de Mouche dans le roman, j'ai presque tout inventé. Inventé ! Je me souvenais, sans le savoir.

En revanche, quand nous nous sommes rencontrées une fois adultes, tu m'as trouvée sympathique. J'avais dû beaucoup changer dans l'intervalle.

Après coup, je me demande comment j'ai fait, en écrivant,

pour ne pas avoir de doutes sur mon identité jusqu'à aujourd'hui. Il y avait pourtant suffisamment d'indices. Par exemple : je garde dans une petite boîte la première dent de lait de mon fils. Comment se fait-il que le porte-bonheur de Mouche ne m'ait pas mis la puce à l'oreille ? Et la maison dont je m'enfuyais, dans mes rêves : c'était l'orphelinat où je vivais avant mon adoption !

Peut-être que c'est mon désir d'être comme toi qui m'a fourvoyée. C'était toi que j'admirais, et non la gamine insupportable rejetée de tous.

Je me demande comment tu prendras cette révélation. Dès ton retour du Japon, je te ferai lire le livre. Après, je te donnerai les lettres. Celle-ci, je veux que tu la lises devant moi. Je veux pouvoir lire ta surprise sur ton visage dès la première minute. J'ai hâte d'y être !

Mais revenons au présent. À ton avis, où en est notre mission ? Est-ce qu'elle avance ?

Oui, je pense que oui. Tu es allée enseigner aux Japonais l'éthique de l'oisiveté et moi j'ai écrit ce roman.

Giulia, je ne suis pas certaine de savoir comment il faut vivre, mais je sens que si nous collaborons, au moins un peu, à casser la litanie stressée des « y a pas le temps, y a pas le temps » avec laquelle les hommes construisent leurs chaînes, le prochain millénaire sera plus aéré, plus léger pour tout le monde.

Ce soir, il est trop tard, mais demain, pour fêter la fin du roman, je vais partir faire une longue promenade à pied. J'emporterai quelque chose à manger. Je veux rester dehors du matin tôt au soir tard, je veux traverser le bois entier, suivre le torrent, rejoindre l'autre vallée. Après tout, je l'ai bien mérité.

Ça fait deux mois et demi que je ne me suis pas accordé de vacances.

Je t'aime beaucoup, Giulia. Aujourd'hui plus que jamais.

À toi,
Mouche

Contrairement aux autres, je ne suis pas inquiet de la disparition de l'auteur. Il me semble évident qu'elle s'est perdue dans le bois et qu'elle se trouve à présent sur l'île.

Un jour, elle reviendra.

L'éditeur

TABLE

DANS LA COLLECTION

Sophie Audouin-Mamikonian
Tara Duncan, les sortceliers, 2003
Tara Duncan et le Livre interdit, 2004

Franny Billingsley
Le Gardien des Créatures, 2004

Marie Brantôme
L'Infante de Vélasquez, 2003

Silvana Gandolfi
Aldabra, la tortue qui aimait Shakespeare, 2003

David Grossman
Duel à Jérusalem, 2003

Heidi Hassenmüller
Bonne nuit, sucre d'orge, 2003

David Klass
Tu ne me connais pas, 2002

Franck Krebs
Tom Cox et l'Impératrice sanglante, 2001
Tom Cox et l'Œil du pharaon, 2002
Tom Cox à la poursuite de Merlin, 2003
Tom Cox et le Temple des sacrifices, 2004

François Leterrier
Rue Charlot, 2003

Nicole Maymat
Entre eux, la rivière, 2004

Celia Rees
Journal d'une sorcière, 2002 (Prix Sorcières Roman, 2003)
Vies de sorcières, 2003
Mémoires d'une pirate, 2004

Marie-Claude Roulet
La mère Satan et autres nouvelles du village, 2004

Noël Simsolo
« Edgar Flanders, détective de l'étrange »,
Les Crimes de la momie, 2004
« Edgar Flanders, détective de l'étrange »,
Les Vampires de Gand, 2004

Kazumi Yumoto
L'Automne de Chiaki, 2004

RÉALISATION : PAO ÉDITIONS DU SEUIL
IMPRESSION : NORMANDIE ROTO IMPRESSION S.A.S. À LONRAI (ORNE)
DÉPÔT LÉGAL : MAI 2004. N° 60508 (041125)
IMPRIMÉ EN FRANCE